U0016239

遇見Little Me

風靡國際的靈性寓言，保加利亞版《小王子》

卡莉娜·斯蒂芬諾娃
Kalina Stefanova———著
聿立———譯

Ann's Dwarves:A Fairy Tale for Grown-ups

給我最親愛的朋友，安娜

【目錄】

第一章

遇見小矮人。

這個小矮人身高不到八公分，頭戴帽兜，臉頰紅潤，睫毛又黑又長，看起來像極了童話故事裡的小矮人。但，只是乍看！因爲他體態苗條，沒留鬍子，臉上稚氣未脫，而且長相酷似安。

安坐在小矮人對面，難以置信地盯著他看。

小矮人也滿臉訝異，呆立在安前面的白色桌面上。他注意到她的視線並沒有**越過**他，而是眞的**看見**他了。他跳起來大喊：

「她看見我們了！她終於看見我們了！」

安這會兒開始懷疑自己的耳朵。她喜歡作夢，有時還會神遊到幻想世界裡，甚至感覺幻想比現實本身更爲眞實。但……這可是如假包換的小矮人呀?!

安把筆放下，伸手觸摸這小人兒。她的手指……並**沒有**穿過他！她伸手把他捧起來：小矮人像羽毛一樣輕盈，但無庸置疑，他確實存在。

小矮人歡喜地閉上眼睛，像小貓蜷縮在安的手心裡，口裡不停嚷嚷著：

「她看見我們了！她看見我們了！」

他口中的「我們」，頓時化身爲更多的小矮人，來自各個角落：有些正沿著抽屜往上走，有些正在攀爬書桌旁床鋪上的靠墊，甚至有一個從書桌後面的窗檯上跳下來。

這一刻，安腦海閃過的第一個念頭是：格列佛在小人國時，是否就是這種感覺？然後，突然間，她注意到其他小矮人長得也跟她相差無幾。頓時有種奇妙的感覺湧上心頭，彷彿她又變回小孩子，正看著遊樂場歡樂屋縮小鏡裡的自己。她數了數那些酷似自己的小矮人，嚇了一跳。轉過頭看：後面沒有小矮人了！這表示眞的只有**七個**小矮人?!這件事頓時讓安返回現實世界。她咯咯笑了起來。

「喲，不會吧！不多不少，正好七個！」

再怎麼說，安也已經不是小孩子了，眼下的情況就算是騙局，也太離譜了。不過，小矮人完全沒注意到她話中的嘲諷之意。此刻的他們跳上跳下，

互相親來親去，開心地大喊大叫，看起來就像支持的足球隊剛贏得了世界冠軍的球迷。

安用兩隻手開始一一摸他們。原本雀躍的他們慢慢冷靜下來，發出安在媽媽對她又親又摟時發出的那種聲音。

「本來就是七個啊！不然妳希望我們是幾個呢？」其中一個小矮人冷不防說道。

「唉呀，好啦！莫非我是白雪公主?!」安又咯咯笑了起來。

「妳認爲在《白雪公主》的童話故事裡，爲什麼有七個小矮人？」

「爲什麼？」

「因爲**每個人**都有七個小矮人啊。」桌上的小小安齊聲喊道。

「不好意思，可以再說一遍嗎？」大人版的安又用「別跟我來這套」的口氣說話，同時不禁懷疑究竟是何方神聖在捉弄她。

小矮人點起頭來，就像一群不明白怎麼會有如此無知的成年人。

安裝得稍微嚴肅一點說：「好吧，我承認我不知道。話說，你們怎麼會以爲我知道呢？」

小矮人開始互使眼色，你一言、我一語地問道：

「誰跟她說？」

「你嗎？」

「你比較適合。」

「不行啦，你來！」

其中一人的聲音蓋過其他人，大喊：「我來跟她說。」

原本混亂的狀況頓時恢復秩序。

小矮人全部圍著他，面對安盤腿而坐。他像個正在說故事給孫女聽的老爺爺，開口道——

第二章

小矮人說故事。

「親愛的安，不是在遙遠的星球，也不是在很久以前，而是在這裡，在這個地球上，從很久以前，一直到現在，所有人確實都有小矮人。每一個人都有七個小矮人，他們樣貌神似，就像妳照鏡子看自己一樣，只是很少人知道這件事。大多數人總是匆匆忙忙，思緒被太多事情占據，根本不知道自己有小矮人。此外，小矮人非常小，身高不到八公分。」

安打斷他：「好吧，那兒童呢？兒童也看不到自己的小矮人嗎？」

「兒童的情況當然不同於大多數成年人。兒童自由自在，不會滿腦子都是錢和帳單，所以他們看得到自己的小矮人。妳知道小孩子爲什麼那麼快樂嗎？正因爲他們知道自己永遠不孤單，隨時可以跟小矮人一起玩。此外，小孩子知道做壞事、撒謊毫無意義。妳也許騙得了大人，但別想瞞過小矮人。可是，等兒童長大後，虛榮心和貪婪占據了心思，蒙蔽了心智，以致於多數人再也看不見自己的小矮人，甚至還把他們忘得一乾二淨，彷彿不曾存在，或只是小孩子的遊戲罷了。只有在行爲不端、覺得可恥時，才會隱約想起自己的小矮人。」

安再次語帶嘲諷地打斷小矮人：「你是想告訴我，你是我『良心』的化身嗎？不好意思，可是你越聽越像老師了。」

小矮人突然爆氣：「啊，你們這些成年人怎麼變得這麼懶惰！只會同樣的話一講再講，講到爛了、膩了，然後就開始取笑這些話。妳應該動腦思考，找新的詞彙定義周遭的事物！說實在的，我看不出『良心』這兩個字有哪裡不好。」

說到這裡，小矮人突然停了下來，一如他開口說話時那般唐突，然後又恢復有如印度上師般泰然自若的神色，用之前的語氣繼續說道：

「妳管它叫『良心』或別的名稱，都不重要。總之，故事還沒說完。我們小矮人就是你們的一部分，但許多人甚至從沒想過自己有小矮人。我們是你們內在的『鏡子』，比一般的鏡子更能如實呈現，因爲看著我們，就可以看見自己的**內心**，而不僅是表相。這就是爲什麼只有當你們開始看見我們，才會發現自己。唯有到那時候，你們才會開始睜開眼睛看清楚自己眞正的面孔，那張經常隱藏在許多面具之後的面孔。有時甚至連你們自己都忘了那張面孔眞正的模樣。仔細研究自己的小矮人，是每個人改變自己不喜歡的特質的好機會。」

安沉思道：「好吧，就算你說的都是眞的好了，那屬於不同人的小矮人之間呢？他們看得見彼此嗎？」

「當然。所有小矮人都會花許多時間思考該怎麼做，才能讓你們看見我們，讓你們不再做蠢事，成爲更好的人類，更忠於自己。我們會做你們經常想做，卻因爲偏見、顧忌而不去做的事。例如，當兩個人已經愛上對方，但尙未表明心意，仍處於曖昧階段時，他們的小矮人就已經熱吻起來了。」小矮人一口氣說完，彷彿想好好把握安此刻心態上的轉變。

安大聲說：「這樣眞好！我最討厭裝模作樣了……話說，你們叫什麼名字啊？」她問道，感覺現在放鬆多了。

「我們每個人都叫做安，因爲我們就是妳。」小矮人發言人笑著說。

其他小矮人臉上也堆滿笑容，顯然最初的生疏感已淡去。

「當然，如果妳願意，也可以幫我們每個人取不同的名字，或者我們可以在安後面用連字號加上另一個名字。」另一個小矮人提議道。

安說：「好，沒問題。我應該幫你們取不同的名字，不然怎麼分得出誰是誰呢？」

「喔，不久妳就會發現一點也不難。」其中一個小矮人帶著淘氣、神祕的表情拋出這句話，彷彿在暗示不知道還有多少驚喜在等著安呢。

但她沒有餘裕再接受任何驚喜了。明天媽媽就會從歐洲抵達，必須早起到機場接她。於是她用速戰速決的口氣說：

「明天去機場的路上再解決命名這件事……你們會跟我一起去吧？」

「當然啊！」小矮人異口同聲道：「我們從沒離開過妳身邊。」

「太棒了！明天搭火車一定會很有趣。」安邊說邊整理床鋪。

「晚安囉！」她鑽進被窩，用力閉上眼，彷彿在身後闔上這精采日子的大門。

第三章 小矮人取名字。

這麼早起床，簡直要了安的命。她喜歡寫作到很晚，睡到很晚。因此，當鬧鐘在早上六點響起，她花了很長一段時間才認清自己究竟身在夢境或現實。想當然爾，在這兩個世界都有小矮人。最後，真實世界裡的小矮人用笑盈盈、神采奕奕的小臉蛋和呵呵聲，將她從睡眠的魔爪中拉了出來。

他們大聲嚷嚷：「早安，早安！快點，起床了！再不起床就要遲到了！」

一小時後，安已坐在駛向機場的火車上，她的小矮人則坐在旁邊的窗檯上，開心地擺盪雙腳。

「好，現在可以開始了……我是說，可以開始幫你們想名字了。」

「太好了，快開始，快開始！」小矮人反應熱烈，大喊大叫，互相推來推去，賊兮兮地你看我、我看你。

「你們會幫我，還是我得自己想所有的名字？」

「妳想。」

「妳來。」

「交給妳。」

小矮人一個接一個大喊。

「沒問題。」安欣然同意。「不過，我想先弄清楚一件事。你們昨天提到有件神祕的事是什麼？你們不會以爲我忘了吧？」

小矮人同時聳聳肩，擺出疑惑的表情，彷彿有人下令要他們守口如瓶。

「別裝無辜了！我得弄清楚這件事，才能盡快區分你們誰是誰。怎麼回事？你們長得一模一樣，根本是一個模子刻出來的。」

「喔，不行，我們不能告訴妳！絕對不行！」小矮人態度堅決，異口同聲喊道。

安生氣了：「啊！好吧，你們難道不知道，開了話題卻又什麼都不肯說，眞的很不公平！」

「拜託！少來了！講得好像你從來不會這樣對別人似的。」其中一個小矮人用「妳有資格說這種話嗎」的眼神，意有所指地看著安。

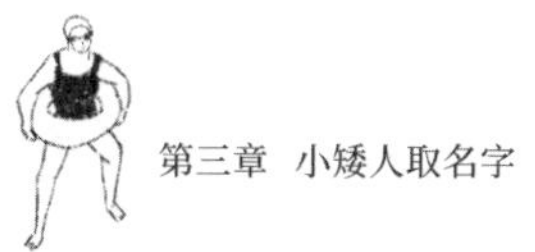

「喔，是這樣嗎？」安咕噥了一聲。顯然這話題不利於她，爲了避免更深入討論這一點，她故作熱情地說：

「好唷，那我馬上幫你們想名字！準備好囉！」

小矮人在窗檯上繃緊神經，滿心期待。

安瞇著眼睛，裝出全神貫注的模樣看著離她最近的小矮人。她正準備說出腦海浮現的第一個名字時，突然想通一件事，於是張著嘴愣在那裡。

這個小矮人跟其他小矮人明明長得一模一樣，卻又略有不同！

安看著其他小矮人，一一仔細端詳，然後視線又回到第一個小矮人身上。他的容貌與其他人無異，但眼裡閃爍著調皮的光芒，而且嘴角上揚，露出淘氣的笑容，臉部表情完全不同於其他人。這是她在愚人節那天、在編故事，或捉弄朋友時的神情。簡單地說，也就是她玩心大起的模樣。

安皺起眉頭，表情變嚴肅，眼睛望向排在第二的小矮人，仔細打量他，眉頭也皺得更緊了些。

「妳猜到了，對吧？」

此時坐在中間的小矮人發出聲音，嚇了安一跳。他應該就是昨天她見到的第一個小矮人，小矮人的故事也是他說的。

「其實，我們的差別，就是妳自己的差別。我們是不同樣貌的妳，是妳性格中不同的面向。因此，分辨我們誰是誰，對妳來說一點也不困難。」

「你一定就是在高談闊論、向別人解釋人生眞理時的那個我。」

安打斷他，看著他專注、嚴肅、充滿抱負的臉孔。

「就像我堂哥說的，你是我『內在的領袖』。我打賭你有滿腦子的想法，只是還在思考要先接受哪一個。你很不喜歡別人反駁你，委婉地說，你一點也不排斥發號施令……」

這一連串「事蹟」還沒說完，安便自己哈哈大笑了起來。要是小矮人沒阻止她滔滔不絕的發言，她還打算繼續列舉他（和她！）的特質。

小矮人假裝有點生氣：「哈！是誰在笑啊！妳聽聽，眞是五十步笑百

步！好，說吧！把名字說出來！我還在等我的名字呢！」

讓大家驚訝的是，安沒有回答，而是唱出第一個音符：

「DO—O—O。」

「什麼？」她「內在的領袖」大吃一驚。

「是這樣的，如果一切如你所說，那麼你就是我最強大的人格特質。」

安接著往下說，但口氣明顯變嚴肅：「請允許我稍微認識一下我自己。所以，你是我內在的『DO』，也就是**第一個**音符。這名字怎麼樣啊？」

小矮人最初的困惑化成一抹微笑，有如剛獲頒名副其實「表現優異獎」的學生所展露的那種笑容。喜形於色的他倚著窗戶，以便一眼就能看見其他小矮人，觀察他們的反應。他開始用手指浮誇地敲擊膝蓋。

「DO，DO，DO。」他開始用不同的語調反覆地說：「DO，你好嗎？DO，你睡得好嗎？喔，DO，我好愛你唷！DO，你說得沒錯！DO，這想法太棒了！DO，我太欣賞你了！」

「形容得太貼切了！」

「眞是恰到好處！」

「說的可不就是他嘛！」

其他小矮人暗自竊笑，彼此交頭接耳。

DO打斷自己的獨白，完全不理會其他小矮人的反應。在嚴肅地沉默了將近一分鐘後，他鄭重宣布：「我不介意別人叫我DO，而且恰恰相反，我很喜歡這個名字。但前提是，高音DO也是我。DO，DO，DO。」

他試著唱出跨了八度的這兩個音。

「不過，誰會是RE呢？」

「當然是我！」坐在DO旁邊的小矮人迅速跳了起來：「我要當RE。」

「爲什麼是你？還有，爲什麼你覺得『當然』是你呢？」安不假思索地問道。幫她的小矮人命名出現了意外轉折，頗令她吃驚。不過，安仔細看了

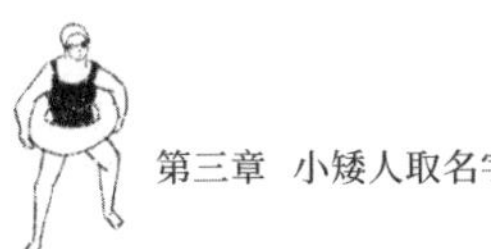

看想當RE的小矮人之後，便放聲大笑，回答了自己的問題：

「啊哈，因爲你不接受別人說『不行』，對吧？」

「這個嘛……」小矮人聳聳肩，用小孩子要大人買東西給他們時，那種天眞無邪、令人招架不住的眼神看著她，彷彿得到這樣東西是他們與生俱來的權力。

安再次放聲大笑。有個朋友告訴過她許多次，安有所求時，就會學小孩子撒嬌，因此很難拒絕她的任何要求。

「妳還敢笑我！你以爲我不知道妳的底細嗎！」RE拐彎抹角罵安。

這個身分辨識的遊戲，安玩得很開心。

「好啦，好啦，我同意。這就是我引用理查的話的原因。」理查是她大學的藝術指導教授。他曾告訴過她，她之所以成功，是因爲一旦她決定做一件事，就絕不罷休。「我明白了，你是在跟別人溝通時的那個我。可以說，你是我『內在的公關』。」

「我說，」離她最近的小矮人插嘴道：「照現在的情況來看，ME應該就是我了，那麼我建議大家玩一個新遊戲：我們每個人都表演一個動作，就像玩比手劃腳那樣，然後妳猜猜看誰是誰。由我先開始。」

安反過來打斷他的興致：「不用了，我已經認出你是誰了。你的眼睛和提議洩漏了你的身分。昨天有個小矮人說我很快就能輕易分辨你們誰是誰，我打賭那個人就是你，我沒說錯吧？」

今天早上命名大會一開始，她的眼睛「不小心瞄到」一張充滿藝術氣質的臉孔，那個小矮人就是他。安一眼就認出這雙活靈活現、閃爍著淘氣光芒的眼睛。

「你是我們當中的藝術家，對吧？還是夢想家？先知？演員？我相信你能演好自己。不過，如果你也能試著扮演你旁邊那位小矮人就更好了，因爲無論我多麼仔細觀察他，也猜不出來他是誰。」

「唉呀，我又能怎麼辦呢?!天賦這東西怎麼藏也藏不住。」ME低著

頭，假惺惺地裝出謙虛的模樣。

ＭＥ爲免有人看不出他在自嘲，接著又說：

「想也知道我是在開玩笑。現在出場的是**閣下大人**！」

ＭＥ從口袋裡拿出一本筆記本，表情非常嚴肅、認眞。接著他開始振筆疾書，口中唸唸有詞，但音量大到所有人都聽得見：

「嗯，今天有什麼事要做呢？先打電話給某某和某某，再去這裡和那裡，然後……寄電子郵件給某某，發傳眞給某某和某某，做這件事，做那件事。太棒了！行程全都排滿了！這樣過日子才充實嘛！那麼，明天呢？」

說到這裡，ＭＥ站了起來，示意其他小矮人讓位，接著開始來回踱步，顯然在表演熱中工作的模樣。

「好，明天我會做這件事和那件事。我必須……」

ＭＥ正準備深吸一口氣，繼續往下說時，那位被模仿的「原型」小矮人，氣呼呼地逮住空檔發聲：

「要笑就笑吧，但如果沒有我，咱們什麼事也辦不成。」

ＭＥ無辜地聳聳肩，轉過來看著安：「我不是在取笑任何人，我只是在玩剛才說的遊戲。妳猜，我是在扮演哪個人呢？」

「想也知道是工作狂啊！」安說。ＭＥ詫異地發現，安也有點生氣。「順便說一下，我也不覺得當工作狂有什麼不好。」

「妳當然不覺得啊！妳怎麼會覺得不好呢？妳總是沒完沒了地工作，很少讓我們休息。」剩下三個還沒有名字的小矮人其中之一咕噥道。

然而，安要不是沒聽見，就是完全沒注意到他在說話。她轉身面向那位努力工作的小矮人，用特別溫柔的口氣對他說：

「那就叫你ＦＡ囉，你喜歡這個名字嗎？」

「喜歡。」小矮人謙虛地回答，然後似乎爲了掩飾他的尷尬，開始在口袋裡找東西。

過一會兒，他拿出一組針線。

安臉上寫滿問號。

「我覺得在每個人的背心繡字母圖案，還挺不錯的。我是指每個人的名字，以防萬一，這樣妳以後就不會搞混了。」他解答了安的疑惑。

「FA，這個想法很棒呢！」安說完這句鼓勵的話，便轉向剩下的三個小矮人。「是誰說我都沒讓他**休息**呢？」

但是，剛才發牢騷的小矮人沒聽見她的話。他把頭轉向窗戶，憧憬地望著一艘行駛在紐約哈德遜河上的船隻，手裡拿著一塊已經開始融化的巧克力。正當他把巧克力放進嘴裡，幸福地閉上眼睛時，旁邊的小矮人拉了拉他的袖子。小矮人轉過身，看見每個人都在看著他。滿嘴食物的他只能勉強擠出模糊的聲音：

「嗯？」

「安在問你話！」ME天眞地說道。

「我剛才說：是誰說我都沒讓他**休息**啊？」安在衆人的笑聲中又說了一

次：「但我應該已經猜到你是誰了。你想搭遊輪，對吧？我也是。對了！如果你的巧克力還沒吃完，可以分給我一些嗎？」

小矮人開始在口袋裡東翻西找，但過了一會，他搖搖頭，雙手一攤：「不好意思，我好像全吃光了。」

安出聲安慰他：「沒關係，等到了機場可以再多買一些。重要的是，我知道你是我『內在的旅行者』，抵擋不住巧克力的誘惑。整體來說，你重享樂，不重工作，對吧？我明白，我懂。」

「但工作更重要！」FA突如其來地打斷安：「否則我們爲什麼可以存活在這個地球上呢？享樂只是把工作做好的獎勵。比方說，我已經繡好了DO、RE和ME的字母圖案，現在我也要繡他的了。SO？是這個名字對吧？繡好他的名字之後再繡其他人的，還有我自己的。然後，我才會用一整條巧克力來好好犒賞自己。你知道完成工作後吃一整條巧克力，是多麼愉快的一件事嗎？你可不能整天這樣看著窗外發呆，只知道吃巧克力！」

ＦＡ把手伸進很快就被命名爲ＳＯ的小矮人背心底下，拿著針線縫了起來。ＳＯ一臉無奈，顯然一點也不認同ＦＡ的人生觀。但他並未出言反駁，任由ＦＡ的手在他的背心上縫來繡去，毫無怨言。顯而易見，兩人當中誰是比較強勢的一方。

安聳聳肩表示理解。ＦＡ以爲安是在認同他的觀點，但ＳＯ也這麼認爲，於是有點生氣地往後退，害ＦＡ空繡了一針，手停在半空中。

在剩下沒有名字的小矮人當中，有一個立刻扮演起和事佬的角色，面帶調停的微笑，反覆說道：「愛與和平！愛與和平！」

安好奇地看著這個新主角：他臉上散發著愛和慈祥的光輝，不禁令她想起睿智的奶奶。

「我想知道你們兩個什麼時候才會清醒過來?!」小矮人冷靜地說。

他沒有拉開嗓門，彷彿不是在對ＳＯ和ＦＡ說話，而是自言自語：「你們要懂得事情見好就收的道理。」

話音剛落，緊繃的氣氛瞬間消散。ＳＯ開始盯著還沒繡完的字母，裝作若無其事地對ＦＡ說：

「你不覺得這裡的Ｏ有點繡歪了嗎？」說著說著，便把手指放在背心他心中想的那個位置上。

顯然在他的手指上還殘留著巧克力，因爲當他把手挪開，背心上就多了褐色的小汙點。

「你知道嗎？你說得沒錯。」ＦＡ仔細看著他繡的字母，拆掉幾條線，同時也把巧克力刮掉，並舔了舔手指。

局勢變化得如此之快，簡直令人難以置信。

「他們吵架時，總是他當和事佬。」ＲＥ小聲地對安說。安張大嘴，既驚訝又佩服。「他很擅長這件事，也富有同情心。我們遇到問題時，他會安慰我們。他一向知道說什麼話會讓人心情好起來。」

安對這個善於交際的小矮人說：「我覺得ＬＡ這個名字很適合你。我

有一種感覺，ＬＡ這個音符蘊含著跟你一樣多的愛與和諧。你不知道我多想擁有你這種特質！」

「有或沒有，完全取決於你自己。」ＬＡ溫柔地說：「如果我出現在這裡，就表示種子已經在妳心裡，妳只需要讓它成長。」

安聽了嘆口氣：「聽起來很容易，但實際上，做好人太難了。總是會有意外，事情的發展也不如預期。我一直想跟奶奶一樣，有她在的地方總是一團和氣。也想跟媽媽一樣。你肯定知道認識的人來找我媽哭訴之後，離開時會覺得自己好像長了翅膀似的。高中時，我們班的同學還會把心事告訴她。我同學的媽媽完全不知道他們的孩子居然有這些煩惱。喔，眞想趕快見到媽媽！」

安看了看手錶，說道：「天哪！再過十分鐘就到站了！剩下的時間剛好把名字取完。你以爲你逃過一劫，不用取名字了是嗎？」

她轉向第七個還沒有名字的小矮人。這段時間，他一直安安靜靜地坐著，與其他人保持一段距離，在筆記本上寫東西。

得知安並沒有忘記他，他面露喜色，害羞地笑了起來。

「你一直在寫什麼？」

「其實妳應該問他**沒有**寫什麼！」RE搶著回答，擺出一副無聊的表情。「他隨時都在寫東西，老是想一個人獨處，因爲我們打擾到他了，讓他無法專心。」

「啊哈，又出現一對個性不合的小矮人了！」安心想，急忙化解可能出現的另一場紛爭：「看來你是我們當中的作家！我懂，我懂，他們都不明白獨處時比較容易有靈感。我也有同樣的問題。話說，你願不願意告訴我，你在寫什麼？當然，如果不是什麼需要保密的事情的話。」

「不，沒什麼好保密的。」小矮人說，顯然安的態度讓他很開心。「我在描寫你昨天見到我們的情況。我打算鼓勵其他小矮人提筆寫下他們第一次被注意到時發生的事。以後等大家都開始看到自己的小矮人時，可以互相閱

讀、比較，一定很有趣。」

安熱情地說：「這想法眞不錯！可能還會因此誕生一本非常有趣的書呢，更別提成爲研究主題了。」

「冒昧提醒，我們很快就要下車了。」

FA務實地打斷安說話。

「不介意的話，我想把名字繡完。做事半途而廢很不可取。我要縫什麼呢？TI，對吧？」

「要是他沒意見的話。」安攤開雙手。

「TI，TI。我喜歡這個名字。」第七個小矮人立刻同意，將背心下擺拉給FA。

「那麼，我們應該算是完成受洗了。」DO隆重宣布。

「沒錯，沒錯！做得好。」FA用牙齒咬斷線頭，喃喃自語。

「別急，別急，還有事情沒做呢。」安說。她拿出一瓶礦泉水，在瓶蓋裡倒一些水，放在小矮人中間的窗檯上。

「現在，請把手或至少一根手指放進瓶蓋裡。」

小矮人照做，在這臨時的領洗池周圍排成一圈。安態度隆重地把水瓶裡的水灑在他們頭上，同時唸出他們的名字：

「DO、RE、ME、FA、SO、LA、TI。」

「等回到家之後，我們可以畫一張五線譜，再發明一種新遊戲。可以像玩跳房子那樣『玩音符』。」ME低聲對SO說。

安幾乎忍不住大笑，但假裝沒聽見，然後非常正經地宣布：

「我現在宣布，你們已經完成受洗了。記住今天的日期，從現在起，可以把今天當成是你們的命名日來慶祝。」

「萬歲！萬歲！」小矮人大叫起來，互相潑水。

安忙碌起來：「瓶蓋給我，現在隨時可能下車。快點，準備下車囉！」

「別擔心我們！」DO告訴她：「只要**妳**準備好就行，我們很快解決。」

安聽從他的建議，把水瓶塞進包裡，套上開襟毛衣，拿走放在行李架上、準備送給媽媽的花束。但是，她突然想到，爲了趕上火車，她一路跑到火車站，完全沒注意到小矮人是如何跟著她一起過來的。

「等等，」她轉向窗檯，「說實話，你們是怎麼四處移動的？」

但是，她的話迴盪在空中，因爲窗檯上一個人影也沒有。安左顧右盼，遍尋不著小矮人的蹤影。

「你們又跑到哪兒去了？」她又四下張望了一下，滿心疑惑。

「喔，妳的好奇心還眞是無窮無盡啊！」

安聽見耳邊傳來ＤＯ的聲音。

「我們改天再告訴妳。現在時間有點趕，對吧？快點，這樣才不會讓媽媽等妳太久。我們一直在妳身邊，別擔心！」

第四章
雙邊歡迎會。

在安和媽媽互相親吻、擁抱的同時，她們旁邊的行李箱上，也上演著類似場景，只是規模大多了，人數再乘以七：安的小矮人在安媽媽的小矮人懷裡。並不是因爲他們跟安和她媽媽一樣，已經半年沒見面了。兩件事毫無關係。對他們而言，距離完全不是障礙。跟其他人小矮人一樣，他們也可以透過**跟思考一樣快的速度**移動。因此，任何時候，只要安想到媽媽，安的幾個小矮人，或至少其中一個，就會自動出現在媽媽小矮人的所在地，反之亦然。不過，現在是另一種情況。所有小矮人齊聚一堂。此外，這兩天安的小矮人一直待在她身邊，共同經歷了許多事，所以現在他們忍不住一直親吻、撫摸媽媽的小矮人。

「喔，你不知道發生了什麼事！」ＲＥ大喊，試著蓋過陣陣喧鬧聲。

眼見其他小矮人沒有反應，他喊得更大聲了：

「你們聽不到我說話嗎？我們有重大消息宣布：安看見我們了！」

還是一樣，沒有人注意到他，但過了一秒，一個媽媽小矮人大吃一驚說：

「什麼？你剛才說什麼？你是說眞的嗎？」

「千眞萬確！」RE得意地證實，彷彿這件事之所以發生，全是他一個人的功勞。

「什麼？發生了什麼事？」另一個小矮人問道，同時不讓SO離開他的懷抱。

「我是說，安**看見**我們了！」RE再次鄭重宣布。

「眞的？」

「終於！」

「這才叫新聞嘛！」

「什麼時候？」

「怎麼發生的？她有什麼反應？」

媽媽小矮人連珠砲似地問道。

DO迅速搶答：「一開始安也不敢相信，但後來我把事情的來龍去脈全說給她聽，我覺得她聽懂了。她明白這件事是眞的。現在她非常興奮。」

「而且，從今天起，我們有名字了！」ME插嘴，接著用主持典禮的方式說：「接下來向各位介紹我親愛的朋友DO、RE、FA、SO、LA、TI，最後是敝人在下我：ME。」

「我的天！」

「喔，天哪！」媽媽小矮人接連驚呼。

「恭喜！」

「好棒的想法！我想，我們是不是也應該幫自己取名字呢？」其中一個媽媽小矮人滿懷期待地提議道。

「我們要名字幹嘛！事情都忙不完了。」另一個小矮人在他興頭上潑了一盆冷水，其他人點點頭，表示認同。

「我們都是**媽媽小矮人**，這樣就夠了。」

「隨便你們。」這個有主見的媽媽小矮人失望地默許道。

「不過，我們要怎麼記住你們的名字呢？」另一個媽媽小矮人苦惱了起來。

「別擔心，別煩惱！任何問題交給小矮人解決就對了！」

FA裝出自以爲是的樣子向大家說明：

「你們看見這個字母繡花嗎？在來這裡的路上，我把我們的名字都繡在背心上，所以不必擔心記不住我們的名字。」他指著站在旁邊的LA身上的背心。

「喔，差點忘了！」SO拍了拍手，顯然很高興把大家的注意力從FA身上移開。「還有一件更有趣的事！」

SO頓了頓，眼角餘光瞄見失望的FA，又接著說：「不過你們得先猜猜看！」

「喔，不要！不要叫我們猜啦！這趟旅程已經夠累人了。」媽媽小矮人

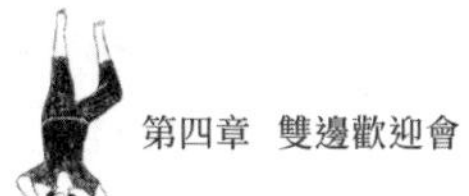

異口同聲道，不肯玩猜謎遊戲。

「好吧，好吧，我來幫你們！」ＳＯ展現風度道：「你們喜歡搭飛機旅行嗎？」

「當然喜歡。」

「你們有沒有感覺自己又要搭飛機旅行了呢？」

媽媽小矮人聳了聳肩。

「當然有啊，回程還會再搭一次飛機。」

「不是，不是，我不是說這個。你們不覺得很快又會再搭飛機旅行了嗎？而且是非常非常快喔。」

媽媽小矮人再次聳肩。這次對話，ＳＯ其實是在模仿安說話。她總是喜歡問媽媽有沒有**感覺**會發生這件事或那件事，如果媽媽答錯了，她就會開玩笑說媽媽丟算命師的臉。

「啊哈，你們擔心自己丟算命師的臉！我太了解你們了。」ＳＯ樂在其中。「所以我再多給你們一點線索：你們有沒有感覺**很快**就會**跟我們一起到一個溫暖的地方**旅行？」

「萬歲！萬歲！」媽媽小矮人沒有回答，而是開心地又叫又跳。時值冬天，這個想法還不賴。

與此同時，安和媽媽已經離開機場，把手推車上的行李卸下來，搬到計程車上。

倘若安不是太專心和媽媽說話，在接下來幾秒鐘更密切地注意眼前發生的事，就會親眼目睹一些光怪陸離的物理現象。因爲有些小矮人爬下行李箱，從一個把手擺盪到另一個把手，再跑向計程車門，但其他小矮人一轉眼就**出現**在計程車後座。就像這樣：他們前一秒還在行李箱上，下一秒就坐在計程車裡，身後甚至沒有留下半點痕跡，不像卡通人物從一地衝到另一地時那樣天翻地覆。

不過，最有趣的是其他小矮人做的事：直到計程車司機把行李放進後車廂，他們才稍微挪動身體，而且，就在司機準備關上後車廂時，他們也直接從後車廂**出現**在後座上。

要是安目睹這一幕，肯定會驚訝得說不出話來，因爲無論她再怎麼仔細看，也看不清楚這些奇怪的瞬間移動是**如何**發生的。

好吧，也許她還是有某些基本常識，也許她還是會想到，用最基礎的邏輯研判，這些瞬間移動，肯定發生在小矮人的起點和終點之間最短的路徑。例如，儘管看起來不大可能，但計程車後車廂和後座之間最短的路徑，無疑是往上**穿過**後車廂門，再**穿過**後車窗。

安答對了！因爲這正是小矮人行進的路線。可想而知，後車廂門或後車窗對他們來說完全不是問題。畢竟，他們能以**跟思考一樣快的速度**移動，不是嗎？例如，當你坐在車裡，想到放在後車廂的行李，有什麼能阻止你的思緒穿過後車窗和後車廂門嗎？當然沒有！

安的思緒既可有形，亦可無形，取決於她是選擇與他人分享自己的想法，或只是放在心裡。同樣地，安的小矮人也可以想現身就現身，想隱形就隱形。這並不會改變安的想法或她的小矮人存在的事實。好比你是否大聲說出自己的想法並不重要：無論是否有人聽到，好想法就是好想法，壞想法就是壞想法。

然而，小矮人打算等適當時機再向安解釋這一切。此刻他們正舒適地坐在安的後腦勺、媽媽的後腦勺，以及後車窗之間的空隙，準備繼續聊即將來臨的旅行話題。

安對媽媽說：「喔，有件事妳一定想不到！我不應該現在就告訴妳，但我實在忍不住。如果妳猜得到這個祕密跟什麼有關，我就告訴妳。」

小矮人洗耳恭聽。

「喔，不行，不可以，這不公平！妳明知道起了頭就要把話說完。現在就把事情一五一十地告訴我。」安的媽媽抗議道。

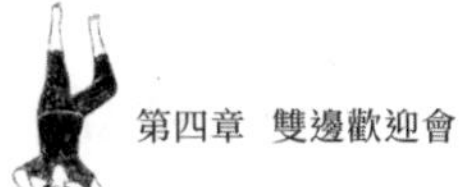

「唉呀，至少告訴我，妳有沒有感覺這是哪一類意想不到的事？」安非要媽媽猜不可。

「好吧……」安的媽媽遲疑了一會兒，「坦白說有。我覺得妳會帶我到某個地方旅行。」

「答對了！」安喜孜孜地說：「我太了解妳了，妳對未來的事情感覺一向很準。我已經準備好一大串問題想問妳，比如說……」

「我們要去哪裡呢？」她媽媽不耐煩地打斷。

「哈，妳當然要猜猜看。」

「好吧，我猜是邁阿密。」

「不是。」

「尼加拉大瀑布。」

「不是。」

「好吧，這樣我就猜不到了。快告訴我，妳要帶我去哪裡。」媽媽有點失望地說。

「我們要去波多黎各。」

「答案揭曉！現在你們知道要去哪裡了吧？」SO私下對媽媽小矮人說。

他們看起來不怎麼熱中，安的媽媽也一樣。但安的媽媽和她的小矮人都很有教養，加上他們都喜歡異國風情，於是異口同聲道：

「太棒了！何時出發？」

「一週後。這樣才有時間先帶妳逛紐約。」

安遲疑了一下，帶著淘氣的神情補充：

「還有一件事喔。」

「什麼事？」當然，知女莫若母，所以安的媽媽很確定女兒這次擺出這副表情，應該是不打算把新的祕密告訴她了。但保險起見，她還是追問：「我快好奇死了，這樣今天晚上我別想睡了。」

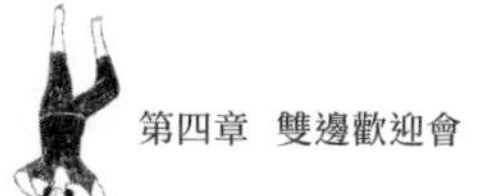

「喔，不行，不行！」安態度堅決，「這眞的是一個驚天動地的祕密，是『國家機密』。但我可能會看妳可憐，在睡前告訴妳。」

第五章

祕密揭曉。

然而，安還沒能找到機會洩漏國家機密，因爲媽媽匆匆看了一眼她的住處，之後倒頭就睡著了。不過，隔天早上，她一睜開眼睛就說：

「喔，喔，我有一種感覺，今天早上會有一件非常有趣的事！是一個大祕密，也就是妳昨天晚上不肯告訴我的那個祕密。都是因爲妳不肯告訴我，害我整晚都沒睡。」

當然，安和媽媽都大笑起來，之後兩人異口同聲、佯裝嚴肅的口氣說：

「才怪！」

說完兩人又咯咯笑了起來。

顯然她們母女倆很開心又能聚在一塊，說著最喜歡的口頭禪。這些口頭禪不屬於任何人，只屬於她們自己。

安的媽媽說：「好了，先別開玩笑了，快告訴我，我快急死了。其實，妳是打算**帶我去看**，而不是**說給我聽**，對吧？妳想給我看什麼？」

「紐約。」安擺出她最天眞無邪、最令人招架不住的模樣。

媽媽笑著打斷她：「哈哈哈！算了吧，少跟我來這套！妳本來就會帶我逛紐約，不然妳以爲我大老遠跑來這裡做什麼？難不成是爲了活到六十三歲第一次搭飛機嗎？還是妳以爲我是爲了妳才專程這麼做？」

「喔，當然不是，我才沒有這麼不切實際的幻想呢。」安立刻接話，同時不忘擺出格外天眞無邪的表情。「所以我才說妳最好趕緊準備好，這樣我們才能盡快動身前往紐約。別忘了還得搭四十分鐘的火車呢。」

媽媽慧黠地看了她一眼，打算繼續追問：她很確定女兒憋不了多久。她猜對了。安的眼裡閃過一絲熟悉的淘氣光芒，靠在媽媽身上，在她耳邊鬼鬼祟祟，低聲地說：

「不過，在那之前，我想先讓妳看一樣**東西**，因爲我們會**帶**他一起去紐約。」

顯然安自己也迫不及待想看到媽媽對她的驚喜有何反應，但她還在思考用什麼方式讓媽媽看見比較好。

「我們會**帶**那個東西去紐約？」媽媽感到困惑，又重複了一次，也不知不覺壓低聲音：「是什麼東西？」

她皺了皺眉，用平常的聲音說：

「妳該不會訂了討人厭的加長型禮車吧？天哪！」

安皺著鼻子搖頭：「才不是呢。妳在這裡等我一下，我馬上回來，然後就帶妳去看。」

她快步走進隔壁房間，環顧室內：

「DO、RE、ME、FA、SO、LA、TI，你們在哪？」安壓低聲音道：「快出來，快點，我想讓媽媽認識你們。」

「我在這裡。」

「我在這裡。」

「我在這裡。」

她聽見小矮人的聲音從各個方向傳來。

「請大家到書桌這裡。喔，天哪，不知道媽媽看到你們會有什麼反應。我真的很想讓她認識你們。」

「當然要跟她說。」ＤＯ說，他是第一個出現的小矮人。「我正打算把這個想法告訴妳。」

安又問：「ＴＩ在哪兒？我想請他把看到的情況全部寫下來，一定會很有意思！」

「我在這裡削鉛筆。」ＴＩ從桌上的書堆後面探出頭來。

「別擔心！」ＬＡ對她笑了笑，滿臉疼愛。「一點也不用擔心！事情會很順利的。」

「喔，我不知道，我不知道，但願真如你所說。請你們待在這裡不要亂跑，我現在就帶她過來。」

「萬歲！等一下一定很好玩！」

「她自己根本不知道這件事會有多刺激。」安聽見身後傳來聲音，確定

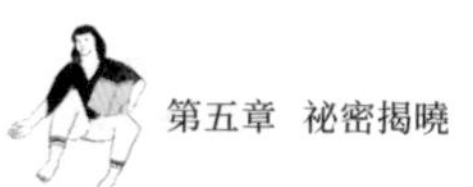

說話的是ＭＥ和ＲＥ。她完全想像得到他們互相推來推去的模樣。

接著傳來暗自竊笑的聲音，聽起來很奇怪，但她現在沒時間理會小矮人各種心血來潮的念頭。

沒多久，安的媽媽出現在門口。安站在媽媽身後，兩手捂著她的眼睛。

「往前，往前，再走幾步就到了。」安催促她，同時帶她走到書桌前，讓她坐在椅子上。

「先不要抬頭看喔，等我給妳信號。」

安一隻手繼續捂著媽媽的眼睛，同時另一隻手幫自己拉了張椅子，在媽媽旁邊坐下。

「好了，現在可以看了！」

她媽媽揉了揉眼睛，顯然安捂住眼睛的力道相當大。然後她往後靠著椅子。

天哪，媽媽的動作怎麼這麼慢！此刻的安非常興奮，心裡急得不得了，迫切想知道結果。她感覺自己快要爆炸了。

然後，她媽媽終於看著前面的書桌，然後……然後**笑了**。

就這樣?!

安驚呆了。沒錯，沒有其他反應，只有一個開心的笑容照亮了媽媽的臉龐。沒別的了！不驚訝，也不困惑！沒有這類反應！

安突然想到：「也許他們躲起來了。」直到現在，她的視線始終沒離開過媽媽。她匆匆掃視了桌子一眼。但他們**都在**啊！她又看了媽媽一眼，視線卻不由自主回到小矮人身上。

「等等！等一下！你們是眞的變多了，還是我想像出來的？」安呆板地說，嘴仍張著。

「呃，那是因爲他們跟**我的**小矮人在一起！」媽媽摟著安，在她耳邊輕聲地說。

一時半刻，安完全無法思考。她看著小矮人，再看著媽媽，又看著小矮

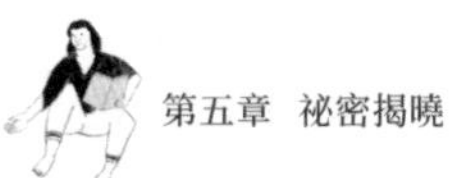

人，似乎搞不懂這是怎麼一回事。

「什麼？妳的意思是？妳是說，妳早就知道了……我們有小矮人？妳看得見妳的小矮人？還有我的？什麼時候？還有……喔，天哪！」安有點語無論次，索性不問。

「女兒呀，那已經是很久很久以前的事了。」媽媽回答：「現在**妳**也看得見他們了，妳不知道我有多高興。這表示妳更有智慧，也依然保有童心，這才是最重要的。我現在可以眞正放下心來，不必再擔心妳了。」

「可是，爲什麼妳不告訴我？」安仍十分不解。

「因爲我希望妳**自己**發現。到頭來，每個人都應該有能力**自我**審視。唯有如此，我們才有機會成爲更好的人。要改善周遭的環境非常容易，因爲說到底，那些不過是個人品味的問題與身外之物罷了。這就是爲什麼人們想要的東西越來越多。不過，**探究自己的內心**，可就是另一回事了。這件事困難得多，因爲這意味著想從**自己**身上得到更多，想要眞正做到提升**自己**。我想，這就是最主要的問題，也是所有生活在這個地球上的人現在最主要的問題。」

安從眼角餘光注意到ＤＯ聽得很認眞，並頻頻點頭，表示認同。媽媽小矮人也都在點頭。

「此外，」媽媽繼續說道：「我之所以沒告訴妳，是因爲我相信有一天妳一定會看見妳的小矮人。妳不記得了，但妳小時候，我們常跟妳的小矮人和我的小矮人玩在一塊。」

「眞的嗎？我怎麼一點印象也沒有！這表示……」安大聲問道。現在的她已從驚訝狀態恢復，她轉向媽媽小矮人說道：「這表示我們其實已經認識很久了。」

他們只是笑而不答。

「你們有名字嗎？」安問。她在問小矮人，也是在問媽媽，彷彿他們是媽媽另外的孩子。

「唉呀，沒有。」其中一個小矮人垂頭喪氣答道。可想而知，他就是在機場滿腔熱血、欣然接受命名想法的人。「其他人都不想要有名字。」

他嘆口氣，聳聳肩，深感不解。

「我們昨天在去機場的路上，已經想好名字了。」安向媽媽吹噓。「顯然你們已經認識很久了，但這件事妳可就不知道了吧。比方說，」她指著DO，「他是DO，跟音樂的第一個音符DO一樣。」

「也像雄心壯志，以及源源不絕的靈感來源。」她媽媽笑著補充道。

DO臉紅了。他噘起嘴，像謙虛時的那種笑容。現在已經沒有什麼事可以讓安感到驚訝了。

「這是RE。」她繼續介紹小矮人。

「我是公關。」RE連忙帶著自嘲的口氣接著說。

「這位具有藝術氣質的是ME。」

「喔，沒錯，我知道他很有才華！」媽媽說完便用力鼓掌。

ＭＥ鞠了個躬，一點也不覺得尷尬。

「這是ＦＡ。」安接著說：「這些繡上去的字母圖案就是他的傑作。」

媽媽戴上眼鏡，看著小矮人的背心。

「ＦＡ，你的繡工眞好！」她說著便擁抱安。「我勤勞的寶貝女兒。」

「這是旅行者ＳＯ。」

「你也很適合改名爲旅行者。」安的媽媽對她說：「畢竟妳經常旅行。」

「這是ＬＡ，他……」

「一向熱心助人。」媽媽接著把話說完。

「沒錯，確實是這樣。最後是ＴＩ。」

「從不睡覺，老是寫個不停。」安的媽媽朝他搖搖手指。「嗯，我覺得你們的名字都很棒，恭喜你們！現在準備一下，我們終於可以去紐約了！」

「好的！」安附和道：「再告訴我一件事就好：爲什麼妳看得見我的小矮人，我也看得見妳的？我以爲每個人應該只能看見自己的小矮人？當然，前提是看得見小矮人。」

「嗯，好的，妳問了一個非常重要的問題。妳看得見我的小矮人，是因爲妳愛我，而且是發自內心深愛著我。我也是因爲同樣的原因才看得見妳的小矮人。記住我接下來說的話：如果想確定一個人是否眞的愛你，只要確認那個人看不看得見你的小矮人，反之亦然。因爲我們常以爲自己很愛某個人，但其實那只是錯覺，只是我們想說服自己相信罷了。如果能看見對方的小矮人，就是眞的愛他/她。這有點像是**愛的偵測器**。」

「太有趣了！」安大聲道：「一旦知道小矮人的事，似乎什麼事都變得容易多了。」

「嗯，當然！」媽媽附和道：「是我們自己把生活搞得太複雜，因爲我們一直把眼光放在外界。老是責怪別人，總是匆匆從一地趕到另一地，計算利弊得失，在**自己**身邊堆滿東西，卻一直沒時間探索自己的**內心**。這件事不僅對我們自己非常重要，對我們和他人的關係也非常重要。」

安著迷地看著媽媽。她本來就很敬佩媽媽，但現在她感覺一個嶄新、奇妙的世界已爲她開啓。她很高興有媽媽陪著她一起**處在**這個世界裡，一起身爲這個世界的**一分子**。

「我準備好了。」幾分鐘後安宣布，感覺整個人輕飄飄的。

「我也好了。」她媽媽說完，便轉向她的小矮人：「來吧，跳進這個包裡！對了，這是他們出門時最喜歡待的地方。」她悄悄向安解釋。

「喔，原來這就是妳總是揹著托特包，包口還開著的原因。」

「答對了。」她媽媽點了點頭，表示同意。

「那你們最喜歡什麼地方呢？」安轉向她的小矮人。

「這個嘛……」DO說：「我們都很有主見，每個人都有自己最喜歡的地方。」

「可以讓我解釋一下嗎？」RE開口問道。

「當然可以，求之不得，請說。畢竟這是跟你們有關的事。」

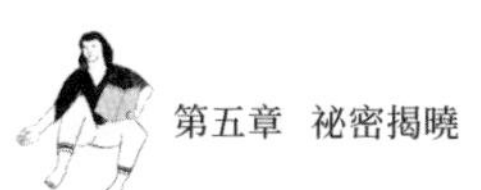

ＲＥ開始解釋道：「ＤＯ通常待在妳的一側肩膀，ＭＥ和我自己則待在妳的另一側肩膀，這樣我們就可以邊看邊觀察。有時我們會坐著，有時會抓著妳的耳環站著，這樣很刺激，就像坐在無車頂的電車上。妳可能猜得到，ＴＩ和ＦＡ對已經看過的東西不怎麼感興趣，所以他們會坐在某個口袋裡或在妳的包裡，一個人做自己的事，另一個人則在寫作。對了，如果是新的行程，ＴＩ通常會站在口袋裡，這樣他也可以邊看邊觀察，然後把看到的情景寫下來。最後是ＳＯ，他最喜歡的地方是妳頭上的髮髻：那是理想的觀景臺。妳也知道，他的愛好就是旅行和觀察世界，而且那裡很舒服，感覺就像坐扶手椅。我也想坐那裡。」ＲＥ展露出悶悶不樂的表情，「但是他很少把位置讓給我，除非妳有一些很重要的約會，而我是那個必須密切注意每件事的人。」

安的小矮人、安、安的媽媽和她的小矮人，依序前往火車站。

第六章
小矮人在紐約。

紐約的摩天大樓對一般人來說，可能就已經高得不得了了，但你能想像，在小矮人眼裡有多巨大嗎？

安和媽媽站在距離中央公園還有三條街的第六大道上，拚命把頭往後仰，才能看到大樓樓頂。安摟著媽媽的腰，免得她摔倒。可想而知，媽媽小矮人立刻就從包裡跳了出來，現在也在人行道上，站在她們旁邊，兩腳打開，雙手插腰，使勁把頭往後仰，但無論多努力，最高也只能看到第三層樓。

「喔，這樣看不到啦。第一次來這裡時，我們也試過這個方法，但什麼也看不到。」安的小矮人圍在一起。

「現在，我們教你們在哪裡才能欣賞到紐約不可思議的摩天大樓天際線。」RE把這件事攬到自己身上，像個經驗老道、得意洋洋、眞正的當地導遊般，喋喋不休起來：「因爲這可不是普通的城市天際線，不是！在這裡，這些大樓在天空的畫布上，繪製出一幅無與倫比的心電圖。這就是爲什麼你們應該……」

ＲＥ一邊說著，一邊兩手在空中熱情比畫。但是，ＲＥ說到這裡就說不下去了，因爲有主見的媽媽小矮人不停向後仰，根本沒在聽他說話。就在這時，他摔倒在地，所有人都轉過頭看他。ＭＥ站得離他最近，可是他不但不急著扶他起來，反而還蹲下去把他壓在地上。

「就是這樣！快看！」ＭＥ指著有主見的媽媽小矮人。「就是這個戰略位置。只有躺在這裡，才能充分享受『這些大樓在紐約天空的畫布上繪製出的那幅無與倫比的心電圖』。」

他維妙維肖地模仿ＲＥ說話，說完自己也立刻躺在地上。

「眞的很了不起！我拍胸脯保證！對了，這個觀察點是我發現的。」

ＭＥ抬起頭，彷彿在等待這項偉大的發現迎來如雷的掌聲。「ＲＥ可以證實這件事。」

「沒錯。」ＲＥ苦澀地說。他費盡心思想出最好的譬喻來宣傳紐約，卻只能眼睜睜看著它煙消雲散，乏人問津。這滋味可不好受。

然而，ME也沒得到任何掌聲，因爲此時其他小矮人正忙著躺在地上往上看，媽媽小矮人更是忍不住倒抽一口氣，驚呼連連。

「喔，我的天哪！太不可思議了！」他們一個接一個反覆說道。

唯獨SO的智商碾壓衆人。他平躺在安的肩膀上，享受這「無與倫比的心電圖」。

「喔，我的天哪！眞是太不可思議了！」安的媽媽看得如癡如醉，也反覆說道。

「現在要去帝國大廈了，你們可以從另一個角度看紐約：從上面往下看。」安揮手招攬計程車，卻突然嚇了一跳：「對了，小矮人呢？天哪，我完全忘記他們了，希望不會在人群中走散了。」

「過去這六個月，我們幾乎天天跟妳在一起，何時跟妳走散過?!」安聽見耳邊傳來DO的聲音。

「這倒是……」安不解地說：「不過眞的很神奇！你想想，我們周圍總是有人。話說，你們怎麼從來不會迷路？」

「這個嘛，」DO接著說：「道理很簡單：妳身上有一種類似磁鐵的東西，一種**愛的磁鐵**。就是這個磁鐵，讓我們隨時保持聯繫，所以我們不可能……」

計程車後方堵了好幾輛車，司機不耐煩地按喇叭。

「來吧，快上車！上車後再說。」DO催促大家。

「你們都會在，對吧？」安問，以防萬一。

「會的，會的，快上車。」

安聽見小矮人的聲音。

「妳的小矮人呢？他們都在嗎？」安轉向媽媽，她看起來一點也不擔心。

「當然啊。」她回答，彷彿這是世上最理所當然的事。

「天哪，顯然媽媽也知道愛的磁鐵！」安心想。她們兩人坐進計程車。

不過，車子還開不到一公尺，安就嚇得對司機大喊：

「停！停車！」

「SO還在外面！」她指著正盯著某間商店櫥窗看的小矮人說，回應媽媽質疑的眼神。「DO，你剛跟我說什麼？」

安責罵DO，但她還來不及開門叫SO，SO就像一陣風消失在人行道上，一轉眼又出現在她腿上。

「好吧，**不可能**發生這種事！這**不是**眞的！」她驚訝得眼珠子都快掉出來了。然後，她彷彿不敢相信自己的眼睛，朝著一秒鐘前SO站著的地方看一眼，再瞄了一眼現在安坐在她腿上的他，再看一眼媽媽。之後她無奈地聳聳肩，顯然已不再試圖理解剛才目睹的新奇蹟。

「現在該跟妳說清楚了，免得妳老是擔心、害怕。」安再次聽見DO的聲音，這次是從她的肩膀方向傳來。「我是說，我們應該告訴妳小矮人的移動方式。妳記得嗎？在搭火車時，我們答應過要告訴妳。」

「嗯哼……」安驚魂未定，喃喃自語。她用眼角餘光看著ＤＯ：沒錯，至少她看得見他，至少他在那裡。她不知道自己還有沒有能力承受另一件不可能發生的事，也就是某處傳來ＤＯ的聲音，但在那裡卻看不見任何人。

「你知道嗎？」安已經恢復理智，甚至有點生氣，「你爲什麼不一次把事情說清楚，這樣才不會一直嚇到我。誰知道我還會看到多少奇蹟！還有，一想到妳好像什麼都知道！」安轉向媽媽，「而我卻什麼都搞不清楚！」

ＲＥ正在告訴媽媽他們經過了哪些地標。ＤＯ告訴安，除了一般的方式之外，他們也能以**跟思考一樣快的速度**移動。衆所周知，思想是唯一沒有屏障的東西，而距離也不是障礙。因此，舉例來說，安的小矮人經常和媽媽小矮人聚在一起，這是因爲每一次安或媽媽想到對方的時候，彼此的小矮人就會相聚。順道一提，這就是爲什麼過去六個月以來，雖然安在美國，媽媽在英國住處，兩人無法相見，但她們的小矮人卻已見面多次的原因。

「難怪！」安心想：「我時常感覺到媽媽的存在，彷彿她就在這裡，就在我身邊。」

ＤＯ還告訴她另一件事。其實，順著之前的談話邏輯往下推理，也可以猜到是什麼事。他說，他們跟她的想法一樣，可以現身，也可以隱形，但說到底，這件事對它們的存在而言，一點也不重要。所謂「他們」，指的是她的小矮人和她的想法。事實上，無論好想法或壞想法，以爲只要沒說出口就不存在，這種觀念完全是人類自己想像出來的。事實正好相反，未說出口的想法和說出口的想法，兩者都是存在的，也具有相同的重要性。

「所以不要擔心：我們不會跟妳走散，就像妳不會跟妳的想法走散一樣。」ＤＯ總結道：「這種事絕對不可能發生。呃……」他遲疑了一會兒，「其實還是有可能，就是當一個人迷失時。不是說眞的迷路，不是……但我覺得改天再告訴妳比較好，如果妳不介意的話？因爲我們隨時要下車了。」

「不會，我不介意。」安說。她聽得入迷，陷入思緒中，彷彿並非身在嘈雜的曼哈頓鬧區。

此刻的她不知道誰更驚訝：是驚嘆於紐約奇景的媽媽，還是訝異於全新的小矮人世界奇蹟的自己。她剛得知這些奇蹟，而這其實也是她自己世界的奇蹟。

然而，當他們登上帝國大廈的樓頂時，安的媽媽絕對是這場驚訝比賽的冠軍。

「天哪，多壯觀啊！快看這個！還有這個！」

安的媽媽在平臺上走來走去，對紐約不同的樣貌驚嘆不已，完全無法壓抑自己的興奮之情。

「說眞的，這裡滿可怕的。」她沒有靠著護欄，怯生生地拉長脖子往下望，補充說道：

「妳可以想像在那上面有多恐怖嗎？」安指著大樓樓頂。「要是能到那上面去該有多好！」

「喔，我才不要！我一點也不想上去。光想到我頭就暈了。」媽媽斬釘截鐵地說，同時拉開自己跟護欄的距離，戒慎恐懼地往上看。

就在這時，安注意到原本站在欄杆上的一排小矮人，數量變少了些。她定神一看，發現SO不在那裡。

「不知道SO又跑哪兒去了。是不是跑去逛紀念品店了？」安說著，開始四下張望。

「喔，不是，不是，他沒去那裡。」ME搖搖頭，指著大樓樓頂，「他很可能到那上面去了。我也想跟他一起去。妳能想像那裡是多棒的舞臺嗎？所有人絕對都看得到妳在那上面！」

「他是怎麼到那上面去的？」安滿臉驚恐地問道。

「唉呀，我不是告訴過妳，我們可以用**跟思考一樣快的速度**移動嗎？」DO有些生氣地說，像老師對著學習能力欠佳的學生說話：「妳想著從樓頂上看到的風景，然後就到那裡了。他很可能一下子就抵達了。有問題嗎？」

這番話完全沒有減緩安的緊張情緒。

「如果妳想要，我們可以看看他是不是眞的在那裡。」ＬＡ說著，遞給她一個極小的圓眼鏡，大小跟隱形眼鏡一樣，是個迷你版的單片眼鏡。

安透過鏡片，竟看到帝國大廈的樓頂就在眼前，甚至感覺觸手可及。沒錯，她的ＳＯ就站在樓頂環顧四周，一副毫無憂慮的模樣！她可以看得一清二楚。站在他旁邊的是……她倒抽一口氣：沒錯，是有主見的媽媽小矮人！安簡直不敢相信眼前的景象：這麼說，她媽媽也動了想到那上面的念頭！

這時，ＭＥ也出現在他們身邊，開始朗誦起來，手也比畫個不停。畢竟，他正站在一個所有人都看得到他的舞臺上！不，更準確地說，他看起來不像在朗誦，更像在唱歌，彷彿他正站在麥克風前模仿某人，某個看起來很熟悉的人。ＳＯ和有主見的媽媽小矮人嘴巴也動了起來，動作整齊劃一，同時跟著節奏點頭。安瞇起眼睛，集中注意力，試著「讀出」他們在說什麼，看了一會兒看不出來，但彷彿有人下令似的，三個小矮人突然張開手臂向上舉，嘴嘶成三個圓形的O。安這才明白他們其實是在唱：「紐約！紐約！」她放聲大笑。

「天哪，這個妳**非看**不可！」安顯然是在對媽媽說話，但眼睛仍盯著那三個歌手。「絕對不能錯過這個！太好笑了！」她忍不住呵呵笑。「LA，我可以把這個小眼鏡給我媽媽嗎？」

安四下張望尋找LA，看到的卻不是LA，而是媽媽。她正透過一個類似的小眼鏡往上看，笑得前俯後仰。

「妳以爲我們沒有『小眼鏡』嗎？」一個媽媽小矮人模仿她。

「太好了！那麼，現在我可以用我們的眼鏡來看紐約，不必花錢使用那個大雙筒望遠鏡看。」說完便把小眼鏡對準附近的摩天大樓，過了一會兒又轉向另一邊，但顯然這麼做沒用。

「別浪費時間了，妳什麼也看不見的！」LA突然出現在安旁邊的欄杆上說：「這是**小矮人的單片眼鏡**，本身並**不具備**雙筒望遠鏡的功能，只能用來看自己的小矮人。」

「眞的嗎？」安大聲問道：「你是說，我只能用它來看**你們**嗎？」

「**還有**妳愛的人的小矮人，如果那些小矮人碰巧跟妳的小矮人在一起的話。」

「太有趣了！用這個眼鏡能看多遠？我是說，我能看見多遠以外的你們？」

「多遠都行。」LA聳聳肩，彷彿這是一件理所當然的事，「距離並不重要。」

「即使你們當中有些人跟我媽在一起，在大海的另一邊？」安懷疑地看著他。

「沒錯。」

「這麼說，我也能看見媽媽了！」她差點跳了起來。

「當然，不行。我不是告訴過妳，這是**小矮人的單片眼鏡**嗎？」

「沒錯，你的確說過……」安有點失望地回答：「但如果我也能隨時見到媽媽，這樣也不錯啊。其他人的小矮人呢？他們也有這樣的單片眼鏡嗎？我看到媽媽小矮人也有一個。」

「沒錯，其實……」ＬＡ遲疑了片刻，隨即接著說，彷彿已下定決心：「其實，每個人的小矮人不但有這樣的單片眼鏡，另外還有**一整套神奇的單片眼鏡**。來，妳看看這個！」

只見ＬＡ掀開一側背心，安看到了好幾個小口袋。

「我是單片眼鏡的保管者。妳看這裡，每片的功能都不同。」

「你們眞是讓人驚喜連連！」安點了點頭，「答應我，一定要找時間把全部的眼鏡都展示給我看，也要告訴我每個眼鏡的功能！」

「當然，我保證。」ＬＡ回答。

「有小矮人眞好，對吧？」安挽著媽媽的手臂，「我們現在就下去吧，妳一定餓壞了。而且，無論如何一定要準時到劇院。畢竟，今晚等著我們的是百老匯和《歌劇魅影》的魅影本人。」

在餐廳，安和媽媽聊開了，完全忘了小矮人的存在。

但有一次，她們被隱約從桌子底下傳來的喧鬧聲嚇了一跳。安彎下腰，偷偷往桌布底下看，差點笑出聲。

「妳知道他們現在在做什麼嗎？」她說話時幾乎沒發出聲音，只是做出嘴型。「來看一下，可是不能出聲，不能讓他們看見我們。」

桌子底下正在進行一場如假包換的足球賽。小矮人在一張椅子上，用安母女倆的手提包做了臨時球門柱，再用一顆小橄欖充當足球，顯然是從桌上某個盤子裡扛走的。另一張椅子上，堆放著十四件開襟毛衣和背心。球員們捲起袖子，邊跑邊叫，完全沒注意到有觀衆。連擔任守門員的ＭＥ，眼睛也緊盯著球看，沒察覺到欣賞他運動天賦的人，除了隊友還另有其人。

如果安和媽媽繼續往桌布底下偷看，就太失禮了。於是她們坐回椅子，繼續聊天，彷彿什麼事也沒發生。只有在桌子底下偶爾傳來「射門！進球得分！」的吶喊聲時，她們才會對彼此眨眨眼，猜想是哪一隊領先。

過一陣子，喧鬧聲平息了，安和媽媽才又鬼鬼祟祟地往桌布底下偷看。有幾個小矮人在球門柱前休息，另外幾個在互摔、互捏。

「風度眞差！」安默默觀察。

還有幾個小矮人坐在椅子邊緣，邊說話邊搖晃著腳，而且，喔，這幾個小矮人的行爲更粗魯了！他們把食指塞進鼻孔裡，仔細檢查食指上的東西。最後一個是安的小矮人。安看了媽媽一眼，希望她沒聽見，因爲，沒錯，這個小矮人躺在椅子上，呈現最無憂無慮的姿態放屁。

媽媽笑著說：「不必大驚小怪！小矮人跟小孩子一樣，想做什麼就做什麼。妳想想：有許多無害的行爲，在我們眼中卻成了極爲失禮和可恥的行爲，只因爲我們被洗腦了，才會這麼認爲。實際上，那些行爲並不會傷害到任何人。我反而認爲，我們總是在大庭廣衆之下，打著各式各樣偉大高尙的名號，裝出一副道貌岸然的模樣，做的卻盡是些令人髮指之事，甚至還沾沾自喜，這才是應該引以爲恥的行爲。」

「當然，妳說得對極了，但我可以想像他們在戲院會做出哪些行爲。」安喃喃自語道。

然而，小矮人在戲院表現得可圈可點。他們坐在安和媽媽的肩膀上，聚精會神地看戲，隨著魅影跌宕起伏的故事和他註定失敗的愛情，發出同情的嘆息，陪著其他觀衆一起因突如其來的劇情轉折忽悲忽喜，並跟著夜晚的音樂節奏上下點頭。幾個媽媽小矮人甚至偶爾偷偷抹去一兩滴淚水。當然，只有ＭＥ從一開始就不見人影。

「拜託，請給我**小矮人的單片眼鏡**。我想看ＭＥ在做什麼。」安低聲對ＬＡ說。

安把單片眼鏡放在一隻眼睛前面觀察ＭＥ，從中得到不亞於看戲的樂趣。她最先在舞臺上發現他：他把一張紙當成臨時面具遮住半邊臉，跟著魅影一起在昏暗的房間裡引吭高歌。然後，當魅影船隻陰森的輪廓出現在夜間薄霧瀰漫的塞納河水面上，坐在船尾的不是別人，正是ＭＥ，而眞正的主角本人在他後面才出現。ＭＥ拿著一支隱形的槳划船，邊划邊唱歌，完全投入角色當中，彷彿大家都看得到他，全體觀衆隨時會跳起來爲他起立鼓掌。不爲別人，只爲他。

當那盞著名的吊燈轟然墜落在觀衆席上方，場面驚心動魄，所有人都異口同聲倒抽一口氣，此時ＭＥ當然就在那盞吊燈上，但這一次，他卻朝其他小矮人擠眉弄眼，顯然忘了要隨時扮演好角色的藝術責任。其他小矮人則是嚇得膽戰心驚，在安和媽媽的大腿上縮成一團。

節目接近尾聲，在最戲劇性的時刻，安聽見左肩方向傳來咯咯笑聲。她往聲源處瞄了一眼，看見ＲＥ和ＳＯ指著媽媽的肩膀，互相推擠。有兩個媽媽小矮人在那裡打盹，睡得頭前仰後倒，還有第三個小矮人發出微微的鼾聲。

「你們眞丟人！」RE朝他們大喊：「我們是帶你們來這裡睡覺的嗎？」

安的媽媽肩膀方向沒有傳來任何反應。過了一會兒，始終坐在椅背上、有主見的媽媽小矮人，顯然目睹了這丟臉的一幕。他出現在三個睡著的小矮人身邊，開始捏他們：

「醒醒！快起來！你們眞是丟盡我們大家的臉！」他責罵他們。

安注意到媽媽也在捏自己的手，眼睛都快閉上了。畢竟，這是她來美國的第一天，而且是很忙碌的一天。此外，根據她的歐洲生理時鐘，對她來說現在是凌晨五點。

一回到家，安的媽媽便立刻衝向床鋪，頭一碰到枕頭就睡著了。但是，

安卻在被窩裡翻來覆去許久。

音樂劇的歌曲在安腦中響起，歌詞裡蹦出奇怪的詞彙：**愛的磁鐵，跟思考一樣快的速度，小矮人的單片眼鏡……**直到最近，她才知道這個新世界的存在。她還會親耳聽到、親眼見到多少這世界的事物呢?!雖然實際上，從她出生的那刻起，這個世界一直都在她身邊。不，甚至不只是在她身邊，而是就在她眼前！

「如果生活本身既精采無比又充滿驚奇，是多麼美妙的一件事啊！就像童話故事一樣！」

她想著想著就睡著了。

第七章

空中遊樂園。

一週後，安和媽媽坐在一架前往波多黎各的飛機上。她們的小矮人蜷縮在媽媽面前的桌子上，凝視著窗外。

「嘿，你們不會想告訴我，小矮人還可以在飛行途中突然跑到飛機外面，在雲端玩耍吧?!」安半挑釁半懷疑地轉向他們。

「這種事我們完全不打算跟妳**說**，我們只會**做**給妳看。我只是不明白，妳爲什麼一點也不信任我們呢？」ＤＯ有點悶悶不樂地回答。

一轉眼，桌上就只剩ＬＡ。

「這是**小矮人的單片眼鏡**。妳想看他們嗎？」ＬＡ提議道。

安拿著小眼鏡對著窗戶。在夕陽餘暉的映照下，底下的雲層閃耀著深淺不一的粉紅色和白色，看起來非常厚實，彷彿在上面行走是世界上最自然不過的事。這種雲層安看過很多次，也想像過走下飛機漫步在雲端的情景。現在，她的小矮人就在下面的粉白色山丘和草地上溜達，彷彿地心引力並不存在，可以輕易在雲層上建造一整座城鎮！

「每次搭飛機妳都會幻想做這件事，不是嗎？」ＬＡ打斷她的思緒。

「怎麼妳現在還會這麼驚訝呢？」

安點了點頭，嘆了口氣：

「你知道嗎？我很羨慕你們！」

「胡說！」ＬＡ責備她：「這表示妳在羨慕妳自己！畢竟，一部分的妳也在那裡呀！我們就是妳的一部分。對了，妳不會以爲夢想在雲端漫步的人只有妳吧？來，用**這個**單片眼鏡看看！」他從背心裡拿出**另一個**小眼鏡遞給她，這次的顏色是**綠色**。

安透過鏡片往外看，倒抽口氣：雲端上到處都是小矮人！

有些小矮人只是在散步聊天；有些在玩各式各樣的遊戲；另外一些發現了更平坦的地形，正在慢跑。有幾個小矮人躲在小山丘後面，把雲當成雪揉成球狀，再把揉好的雲球堆起來，從雲堆裡偷偷往外看，看似在埋伏，伺機突擊。

安勘察了周圍的地形，看見另一群小矮人走了過來，隨即發生一場雲球大戰。之後兩支「敵軍」衝向對方懷裡，開始摟摟抱抱，親來親去。

在一座較陡峭的山丘上，有更多的冬季運動愛好者乘坐極小的雪橇滑下來。

有一區的雲層散了開來，露出一小塊藍天，形成一座小湖泊。有個小矮人……好吧，這完全超越了人類所能相信的範疇！有個小矮人坐在湖邊，雙腳懸空，手裡拿著一根桿子，似乎抱著能釣到魚的希望。就在這一刻，他的臨時釣竿突然急速往下彎，然後……然後突然有一條魚從藍色湖水中一躍而上，在空中轉了一圈，隨即落入小矮人手中。

不，不可能。安連忙梳理自己的思緒：好像有個**像**魚的東西從藍色湖水裡跳了出來，但這**一切根本無從判斷真偽**！

「LA，顯然我開始出現幻覺了，我看到一些完全不可能的畫面。我剛才看見一個小矮人在那裡釣魚。」安的聲音中充滿自嘲。

「唉呀，那有什麼不可能的呢？」ＬＡ聳聳肩，「一切都很簡單：一定有人在望著窗外時想像這件事，而這個小矮人是他的一部分。我不知道你們人類要到什麼時候，才會意識到**想法具有不可思議的力量**，想法是能**成為實相**的。正因爲如此，心存善念才是這麼重要的一件事！因爲壞的想法也會成爲實相，對產生這種想法的人會有負面影響……總之啊，別急。現在來看下一座『湖』吧。」

「湖岸」上坐著一大群小矮人，腳泡在「水裡」，看起來正在進行一場激辯，因爲他們激動地比手劃腳，拍打胸膛。安凝視著他們，突然大笑：其中一個小矮人張開雙手比出一個長度，彷彿在測量一個很長的東西，臉上帶著勝利的表情看著其他小矮人。在他旁邊的小矮人只是不屑地揮手叫他滾一邊去，再指著自己，彷彿在說（或許他**真的**在說）：「喔，那有什麼了不起！你該看看我釣到的那條魚！」然後張開雙手，比出同樣的動作，但不管他在測量什麼，都比前一個小矮人長兩倍。

「在我們當中似乎有很多漁夫呢。」安的媽媽出乎意料地插一句話。

安驚覺她觀察雲端景致太入神了，反而把媽媽晾在一旁，因此立即把小眼鏡從眼前移開。但媽媽似乎一點也不無聊。原來她也正拿著同樣的綠色小眼鏡往外看，像個孩子似的看得不亦樂乎。

「對呀，當然，不然她怎麼會說那句話?!」安心想。即使媽媽對小矮人的一切瞭若指掌，但仍可以想像看到眼前這幅場景，她的心情一定激動不已！畢竟，這是媽媽這輩子第二次搭飛機旅行。第一次是在夜間搭機前往紐約，所以那次沒機會見到白天的雲端奇景！

「妳不會以爲下面雲端上的那些小矮人，都是從這架飛機下去的吧?!」

LA打斷安的思緒。

「你說得沒錯，」她回答：「雲端上有好多小矮人！但這架飛機根本沒坐滿！」

「這個嘛，我們不是空中唯一的一架飛機，還有很多架飛機。」

「幸好我們有**愛的磁鐵**！不然我們早就跟你們走散了！」安說，看得出來她很得意自己知道小矮人的術語。「這倒是提醒了我，我沒看到妳的小矮人。在下面雪橇滑道附近的是**妳的**小矮人嗎？」安轉向媽媽問道。

「除了他們還會是誰呢？妳看他們大吃特吃的模樣！」

媽媽小矮人拿著一根棍子，上面插著粉紅色的毛球。他們撕下一大塊邊緣參差不齊的毛球，貪婪地塞進嘴裡。

「那究竟是什麼？」安一臉納悶，「看起來像棉花糖。啊，沒錯，當然是棉花糖，妳超愛吃甜食！可能是用粉紅色的雲做成的棉花糖。」

「妳看！」她媽媽驚呼：「看起來跟眞的一樣！我的口水都快流出來了。」

「說到食物，晚餐來了。」ＬＡ宣布，聲音中明顯流露著期盼。

安詫異地看著他。這是頭一回有小矮人展現對食物的興趣。

食物的味道確實很香，她自己都覺得餓了，也許媽媽還在想著棉花糖。

她們的小矮人全部準時出現在桌上，焦急地走來走去，同時目不轉睛地沿著走道望過去。

只有一個小矮人站到一旁，對安的媽媽比出一個心照不宣的手勢，還把某樣東西塞進她手裡。不過，眼尖的安還是注意到這個小動作：那東西很小，是粉紅色的，看起來就像一小塊棉花糖，下一秒……沒錯，下一秒，媽媽就塞進嘴裡，半閉著眼睛，露出幸福的笑容。

「嗯，這眞的完勝其他的奇蹟！」安大吃一驚，心想。

「小姐，這是您的晚餐。」

空服員的聲音嚇了安一跳。

小矮人全圍著托盤，好奇地往蓋子底下張望，個個磨拳擦掌，滿懷期待。

「把食物拿出來的工作，請交給我們來做。」

小矮人歡天喜地地取出食物。

「好了，妳看！」過了一會兒，一個媽媽小矮人宣布。他使用的手勢和說話的語調，和安的媽媽請女兒吃飯時慣用的一樣。

「眞有趣！」安終於回過神來，對她的小矮人說：「這是我第一次看到你們肚子餓。」

SO回答：「喔，只因爲這是我們第一次在飛機上見面。以這種方式供應餐點的地方不多，飛機是其中之一，這裡的餐點至少看起來稍微像是**小矮人的食物**。」

「比方說，妳知道這是什麼嗎？」RE轉向安，指著她前面一個盤子裡的球芽甘藍。

「球芽甘藍啊，不然咧？」

RE搖搖頭：

「沒錯，妳可以這樣稱呼這道菜，但它其實是**小矮人的高麗菜**。這個呢？」他拿起咖啡奶油球的小塑膠容器，「這是**小矮人的牛奶**。」

「如果要求用字更精準的話，」安微笑道：「那在你手裡看起來更像是

一桶小矮人的牛奶。」

RE顯然不想跟她吵嘴。他繼續在托盤四周溜達，像博物館導覽員那樣說話：

「兩位女士，在此向您說明一下，這些是**小矮人的番茄**。」他指著沙拉裡的櫻桃小番茄。

「在您點心盤裡的這些，當然是**小矮人的橘子**囉。」盤子裡放著幾瓣橘子。

安說：「所以，這就是爲什麼我在逛超市時，總會有一些無形的力量把我吸引到迷你包裝的食物那裡。現在我很清楚那些無形的力量來自何處了。」

「也許吧，不好說。」

RE咕噥了幾聲，他在餐盤前的食物導覽也告一段落。盤子裡有幾根花椰菜。

「最後再說一句，妳可能會說這是花椰菜，對吧？」

安點了點頭，表示同意。

「當然，從妳的角度，這麼說也沒錯。但從我們的角度來看，這些是**小矮人的灌木叢**！而且，這些你所謂的『花椰菜』在被切成小塊之前，卻是小矮人的**猴麵包樹**。」

安說：「從現在起，我會把切成小朵的花椰菜稱爲**小矮人灌木叢**，至於還沒切塊的一整株花椰菜，稱爲**小矮人的猴麵包樹**。我說到做到。現在開動吧，不然食物都要涼了。用餐愉快！」

「等一下！等一下！」SO在其他小矮人有機會伸手拿食物前大喊：「我想到了！你們想去野餐嗎？在雲端野餐？」

「當然好啊！」

「當然！」

「這個想法太棒了！」

小矮人開始熱情地大喊。

「我來做遮陽傘，這樣就不會被太陽曬傷了。」ＦＡ說著轉向安和媽媽：「妳們介意我拿走牙籤和放在杯子底下的杯墊嗎？」

「當然不介意，這還用問嗎？」安回答，同時把牙籤和杯墊遞給他。

ＦＡ立刻動手製作遮陽傘：他先在圓形杯墊中間刺一個洞，再沿著半徑折成手風琴的形狀，把牙籤插進洞裡，然後東張西望尋找可用來固定的東西。

「用小麵包塊固定，應該很適合。」安的媽媽說著，便遞給他兩大塊麵包屑。

「我的餐巾可以拿去當毯子。至於籃子嘛……」

安看著她的餐盤。

「有了，我幫你把這個盤子清乾淨，拿來當籃子剛好，可以用另一張餐巾包起來。」說完便把方形點心盤清理乾淨。

小矮人在「籃子」裡裝滿食物：一顆小矮人的高麗菜、幾粒豌豆、幾粒玉米、幾塊餅乾、一顆**小矮人的番茄**，和一片安已經切成小片的起司。

等「野餐籃」準備完畢，桌上早已不見SO和餐巾毯的蹤影。

小矮人的單片眼鏡還在安手裡，於是她拿起眼鏡往外看：可想而知，SO已經在那裡了。他在一座「湖」附近找到一處舒適的地點，正在那裡鋪「毯子」。隨後FA也出現在他身邊，將兩把遮陽傘斜插在「毯子」兩側。ME帶著小矮人的「牛奶桶」，兩個媽媽小矮人帶著裝了糧食的「野餐籃」。之後所有小矮人都出現在那裡，圍成一圈趴在「毯子」上。

只有她的DO沒出現在那裡。安看著前面的桌子：DO還在桌上，手裡拿著兩根花椰菜，彷彿在思考該帶哪一根。

「你想拿**小矮人的灌木叢**做什麼？」安問他。

「我想讓外面的風景看起來不那麼像北極。」DO回答。才一溜煙的工夫，他就已經把「灌木叢」插在雲端的「毯子」旁邊。

安和媽媽用完晚餐往外看，「野餐籃」裡的食物已經一掃而空，只剩幾個小矮人還在咀嚼最後一兩片高麗菜葉。夕陽西下，雲端的景觀已呈現北極酷寒的銀藍色調，看得安都冷得打哆嗦了。

「現在即使在外面看到北極熊，我也不會感到驚訝。」說完後，安和媽媽兩人都哈哈大笑。

「仔細看，也許會發現那頭北極熊在喝可樂唷！」媽媽回答。

就在這時，那群「觀光客」回來了。FA和SO遞給安綁成一捆的「毯子」。

「野餐籃、牛奶桶，另一張餐巾和野餐剩下的其他東西都在裡面。」

FA解釋道：「請交給空服員。」

「做得好！我剛才還在想你們會不會忘了收垃圾。」安聞言很開心。

FA既驚訝又憤怒：「哈！妳以爲我們是誰？妳覺得我們跟人類一樣嗎？大多數的人類根本不把大自然當一回事！我們怎麼可能是那種人！對

了，遮陽傘我想留著，如果妳不介意的話。」

ＦＡ的脾氣來得快，去得也快。

「當然不介意啊。」安點了點頭。

「那麼，如果可以的話，我們想小睡一會。」顯然，ＲＥ代表所有小矮人宣布此事。

「來，躺在我的腿上。」安的媽媽提議道。

小矮人欣然接受，不一會兒就全睡著了。

「天哪！」安突然焦慮起來，「妳知道嗎？我把**綠色眼鏡**弄丟了！」說著便彎腰在地上尋找。

「首先，如果ＬＡ還醒著，肯定會馬上糾正妳說那不是『綠色眼鏡』，而是**綠色的單片眼鏡**。其次，不必找了，妳找不到的。」媽媽說。

「當然找得到！」

安斬釘截鐵地回答，幾乎整個人塞進座位底下。

「我不能莫名其妙弄丟單片眼鏡！我眞笨！怎麼會這麼粗心！」在座位底下的她開始氣喘吁吁。

媽媽靠向安：「過來，坐在這裡。我告訴過妳不用找了。雖然我只用**綠色單片眼鏡**看過幾次，但我知道最後它一定會**自動**回到保管的小矮人身上。我第一次弄丟單片眼鏡時，也不知道這件事，跟妳現在一樣擔心得不得了，但他告訴我就是這樣。一向如此，從無例外！」

「喔，感謝老天！」安大喊，如釋重負地回到座位上。「只是……怎麼會這樣呢？」

媽媽說：「我也不知道。跟物理定律有點像，只不過這是**小矮人的物理定律**，目的是防止任何人濫用，至少我的小矮人是這樣跟我說的。因爲人類的素質尚未提升到不起心動念想偷窺。當然，偷窺是很惡劣的行爲。但如果有了**綠色單片眼鏡**，偷窺簡直易如反掌。」

「看來這就是人類還無權使用的原因了。」

「沒錯，當然。」媽媽回答：「仔細想想，幸虧如此。試想，如果人們開始濫用綠色單片眼鏡，會發生多少可怕的事。」

她停頓了一下，看著熟睡的小矮人，點了點頭後又說：

「妳知道嗎？有時我不由得納悶，是他們是**我們**的小矮人，還是我們是**他們**的手下？」

第八章

在加勒比海的第一夜。

波多黎各跟三溫暖一樣，又熱又溼。

「太棒了，即使是冬天都有溫暖的地方！」

安的媽媽開心地大喊，立刻把穿在身上的衣服一件件脫掉。

「寶貝女兒，非常謝謝妳帶我來這裡。」她親了安一下。「眞想明天在海裡玩個痛快。」

「我們迫不及待想看到青蛙，說走就走！因爲青蛙在晚上活動。」RE說。

「青蛙？什麼青蛙？」一個媽媽小矮人顫抖著說。

「拜託，妳連波多黎各最有名的特色都不知道?!這裡到處是青蛙！」RE回答，同時用兩手畫大圈，比出一個到處都是的動作，讓人看了不得不信。「**波多黎各青蛙**是**很特別**的青蛙。」

媽媽小矮人立刻跳進安媽媽的包裡，害怕地探出頭來。RE顯然認爲打擊無知是他的責任，於是他跟在後面，腳踩著包的邊緣，抓住提把，由上往下俯視，繼續教育他們：

「牠們的獨特之處在於，這裡是唯一的棲息地，而且牠們的叫聲也跟其他青蛙不一樣，會發出『科奇』的聲音！這也是牠們的名稱。甚至還出現在波多黎各的國徽上。」

媽媽小矮人似乎一時無法消化如此龐大的資訊量，因爲最後只剩幾顆頭顱從包裡冒出來，還有一兩顆亮晶晶的眼睛焦急地掃視四周。當然，這些當地動物界的知名代表，不大可能在聖胡安機場前四處閒逛。安和媽媽現在正在這裡等計程車。

「安，妳怎麼不把手冊給媽媽看呢？」RE堅決要求。

媽媽小矮人看著安，希望她能立刻告訴RE別再開玩笑了，沒想到她卻對媽媽說：

「對吼，我忘了告訴妳。等到了旅館，我再給妳看科奇樹蛙的資料。很有趣喔！」

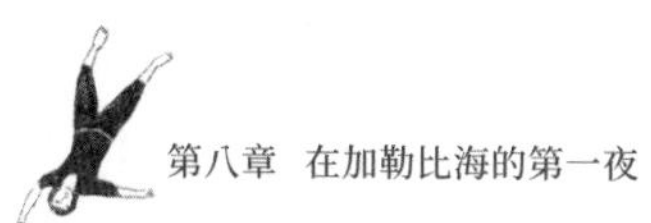

「好啊。」媽媽意興闌珊地表示同意。

安接著又說：「牠們體型很小，甚至可以稱牠們爲**小矮人的青蛙**。」

「但只適合**喜歡**青蛙的小矮人。」有主見的媽媽小矮人滿臉愁容地糾正她。

「我相信我們都會喜歡青蛙的！」安對著他的臉笑了笑，「肯定會。現在上計程車吧。」

旅館幾乎位於老城的最高處，從她們的房間可以看到港口的海灣景致。安和媽媽坐在陽臺上：她們下方，派對遊艇一艘接一艘駛過，彷彿在遊行般，也彷彿在用閃閃發光的花環，向在上方觀看的兩位皇后致敬。

某一刻，這些排成一列的海上樂隊指揮隊伍突然結束，從暗處出現一艘宛如閃亮碉堡般的大遊輪。這兩位「貴族人物」到目前爲止，只在電影或電視上看過如此氣派的船隻。當然，這點一目瞭然，因爲她們驚訝地倒抽一口氣，然後繼續目瞪口呆地看著加入遊行隊伍的新成員。如此表現實在有失她們目前的身分。

此時她們的小矮人在欄杆上張開手臂，排成一列奔跑，開心得大喊大叫，後來又急忙掩飾自己的失態。並不是說他們不像安和媽媽一樣，對這不可思議的景象感到欣喜若狂，只是他們的興奮之情只持續片刻。然後，彷彿有人下令似的，他們假裝這種當場瞬間呆住的行爲，只是遊戲的一環，還擺出有什麼了不起，都不知道看過幾次了的態度，向下方甲板上的小矮人揮手，彷彿這種豪華遊輪他們已搭乘不下十次。之後繼續玩樂，不再拉低身分關注這個在各方面皆無可爭議的人類技術奇蹟。

「其實，在陸地上可以見到更有趣的事物。」ＳＯ插話。這句話由他來說，聽起來十分具有說服力。

「比方說，像『科奇』樹蛙。」ＭＥ補充道。

媽媽小矮人原本側耳傾聽，因爲ＭＥ和ＳＯ總是有源源不絕的新遊戲

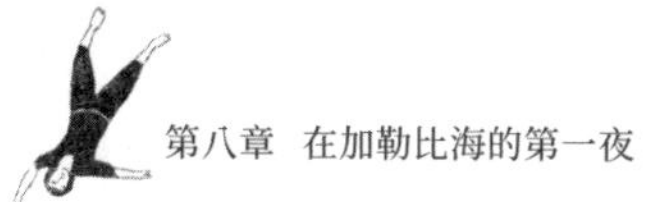

點子，但一聽見科奇樹蛙，便立刻跑到安的媽媽腿上，哭喪著臉。

「我建議明天晚上再去看青蛙。」有主見的媽媽小矮人立刻試圖挽救這種局面。「現在要不要到浴室玩呢？當作明天去海灘的排練，好不好呢？」

「有何不可？」ＭＥ同意道。

其他幾個媽媽小矮人也連忙接受這個想法，興沖沖地衝向浴室。安的小矮人跟在後頭，ＭＥ和ＳＯ也沒錯過這個機會，咯咯笑個不停，竊竊私語：我們當中有些人的膽子也太小了吧！連無害的迷你青蛙都怕！這不是很好笑嗎？

浴室裡也有許多迷你物品，保證好玩又安全！小塊肥皂、小罐洗髮精、潤髮乳、泡泡浴和沐浴乳，以及小化妝棉。安的媽媽搭乘國際航班時，飛機上贈送的袋子也在那裡，裡面有迷你牙膏、一把小梳子和各種小玩意。這些東西並不是每一樣都夠小，當然不可能，但至少看起來就像**小矮人的盥洗用**

品。

「我們可以在水槽洗泡泡浴，或在浴缸舉辦游泳比賽，或兩件事都做。」ＳＯ興高采烈地說，同時把罐子一個個打開來聞。「你們意下如何？先從哪件事做起？」

「先洗泡泡浴！」

「洗泡泡浴！」小矮人幾乎齊聲大喊。在嘈雜的人聲中，媽媽小矮人的聲音顯得格外響亮。

ＦＡ用塞子塞住洗手槽排水孔，再開水；ＳＯ把泡泡入浴劑倒進去。幾分鐘後，就看不見水和泡沫之間的界線了。

小矮人急忙脫掉衣服，只穿著泳衣跳進「浴缸」裡，開始互相潑水、玩泡泡。有些泡泡幾乎是他們半個人的大小。ＲＥ把其中一顆泡泡當球，用頭去頂，想傳給ＭＥ，卻一頭栽進泡泡裡。在泡泡破裂前那短暫的一秒，ＲＥ看起來像個眞正的太空人。大多數小矮人用手指著他，哄堂大笑。ＳＯ、

ME和有主見的媽媽小矮人想學他那麼做，可是，唉呀，他們的手一碰到泡泡就破掉了，屢試不爽。

這時，FA和TI是唯一兩個不在「浴缸」裡的小矮人。他們正著手把眞正的浴缸布置成「游泳池」。FA把安的牙線裁成數段，再取出飛機包裡的耳塞，剝成小塊，用牙線串在一起。等浴缸的水放到大約二十五公分的高度，就把水關掉。然後兩人合力把牙線等距離拉開，隔出一條條像泳道的水道。FA對自己出色的工作表現感到滿意。他降落在水槽邊，鄭重宣布：

「『游泳池』已經布置完畢。等你們準備好，就可以開始比賽了。」

從簡易「浴缸」傳來的喧鬧聲逐漸停歇。小矮人擦了擦眼睛，往下望著眞正的浴缸。在他們眼中，浴缸看起來就像奧運等級的大泳池。SO和ME立刻離開泡泡，在泳池邊占位置。RE和LA跟在後面，沿著浴缸來回走動，決定從哪個位置跳下去最適合。

「你們這次還是不打算參加嗎？」DO轉向媽媽小矮人。他們還泡在

「浴缸」裡，顯然這種比賽不是第一次舉辦。

「你們這次該下水了吧？波多黎各是你們終於開始游泳的地方，這件事將會名留青史。」TI試著說服他們。

「好吧，明天再說。才剛洗泡泡澡，現在去游泳會太冷。」一個媽媽小矮人開始推託，顯然他代表其他小矮人發言。除了那個有主見的小矮人，他板著臉，大步走到SO、RE、ME身旁，似乎想藉此行動告訴TI，不要把時間浪費在那些膽小鬼身上。

TI放棄了：「好吧，只好這樣了。你們可以跟以前一樣，在慢速道玩水。當然，前提是如果你們想玩水的話。你們的救生圈在那裡。」

他指著安那堆五顏六色的髮帶。顯然他和FA就是爲了這個目的，才把這些髮帶放在浴缸旁的架子上。

幾個媽媽小矮人走了過來，身上套著救生圈，像溜滑梯那樣，從浴缸傾斜的一側溜下來，噗通一聲跳進分配給他們的水道裡。其他小矮人則留在

「浴缸」觀賽。至於「運動員」本人呢，則是在自己的水道前排好隊，賣力地做暖身運動。

ＴＩ說：「我建議這次請安來這裡幫我們發出開始信號，然後計時。我不想再當裁判了，每次都是我，自始至終都只有我當裁判。而且，她從沒參加過我們任何一場比賽，也許會感興趣……」

ＴＩ話還來不及說完，彷彿變魔術似的，安和媽媽就在這時走進浴室。這不是安的媽媽第一次見到這種「奧運場面」，所以她只是笑了笑。但對安來說，這又是一件意想不到的事。她查看游泳道具的細節，驚呼道：

「啊哈！這就是爲什麼我的髮帶總是溼淋淋的，還有我的牙線這麼快就用完的原因。而且，我從旅館帶回來的洗髮精、泡泡浴和其他小東西，回家之後總是莫名其妙消失。現在我知道原因了。」

安用手指摸了摸ＳＯ和ＦＡ的頭，又說：

「好，好，從現在起，我會專門爲你們帶這些東西回來，而不是拿回來當紀念品。」

「妳以爲到目前爲止，妳沒爲我們帶這些東西回來過嗎？」ME臉上帶著淘氣的笑容說道。

安用疑惑的眼神看著他。

「唉呀，妳覺得爲什麼很多人喜歡把旅館的小東西帶回家？」ME開始解釋，態度非常認眞，此時的他看起來像極了DO。「妳以爲是拿回家當紀念品，大多數人都這麼認爲。但這不是眞正的原因，眞正的原因是：無論有意或無意，你們都是爲了自己的小矮人才帶走那些東西。那些已經『見到』自己小矮人的人，知道小矮人有多喜歡玩這些東西。另外那些還沒『見過』小矮人的人之所以這麼做，只是因爲這些迷你物品跟飛機餐一樣，會讓他們不由得想起兒時玩娃娃屋的情景。其實，與其說是玩娃娃屋，不如說是跟**在娃娃屋裡的小矮人**玩。因爲，妳可能已經猜到了，童話故事寫洋娃娃會活過來，簡直是一派胡言。住在娃娃屋裡的，其實是**我們**。」

「原來如此。」安表情嚴肅地點點頭，顯然是在模仿ＭＥ。「唉唷，有人在身邊爲你揭露生活的祕密，眞的差很多！不但有樂趣，同時還能長知識。」

然後她轉向ＤＯ，哈哈大笑：「你的工作快要不保囉！」

「不過，在那之前，我想自願把我的工作讓給妳。」ＴＩ插話：「因爲每次都是我當裁判，我覺得很煩、很膩了。所以，如果妳不介意，請幫我們發出開始信號，然後計時。」

沒等安說「好」，他就把迷你哨笛和筆記本交給她。

「各就各位，預備！」安立刻切換成他們的遊戲模式，「三，二，一。」所有人屏住呼吸。安吹響哨笛。「參賽選手」跳進「泳池」裡，賣力游了起來。他們的裁判則是緊盯著參賽選手和時間。

當晚她又吹響好幾次哨笛，每次參賽選手都拚命往前游，一心想獲勝。每個人都想奪冠，希望下次就輪到自己獲勝，但每次都是有主見的媽媽小矮人勇奪第一。也許這並非偶然，因爲所有觀衆都在爲他吶喊：套著救生圈的小矮人、在水槽裡的小矮人，當然也包括安的媽媽。

最後，所有人都累壞了。在道晚安前，他們還有體力做的最後一件事，是再次到陽臺上看一眼聖胡安灣和頭頂上的星空。夜晚的空氣中充滿各種奇怪的聲響：

「科奇！科奇！科奇！」聲音從四面八方傳來。

「你們終於出現了！」RE欣喜若狂地跳了起來，彷彿此時此刻，他長久以來一直在試著證明的事，終於得到整個宇宙的認證。

「科奇！」ME模仿這個聲音。黑暗中立刻傳來一聲回應：

「科奇！」

「科奇！」其他小矮人也跟著叫了起來，連安和媽媽都加入陣營。四面八方傳來聲聲回應。

第九章

在波多黎各的豔陽下，甚至更近。

然而，隔天一早就不順利。安醒來時感覺身體不適，於是他們沒去海灘，而是請醫生來看診。醫生的建議是，至少要靜養兩天。

醫生離開後，安的媽媽告訴她：「別不開心。現在先把這些藥吃了，我們也會和小矮人一起想辦法，幫助妳更快恢復健康。」

「要是做得到就好了！唉呀，沒想到奇蹟也會結束。很抱歉生病破壞了妳的假期。」安難過地回答。

媽媽責備她：「胡說！誰不會生病。至於奇蹟，妳可就錯了。」

她坐在女兒床上，牽著她的手。

「不過，我們現在不是在說奇蹟，對吧？」她轉向小矮人。

他們圍坐在安身邊，著急地看著她。他們點頭。

「信也好，不信也罷，我們都會盡力幫妳。」安的媽媽接著說：「我們希望妳會覺得這個方法有用又有趣，因爲妳會多學到一件本來完全不知道的事情。從妳小時候，每次妳生病，小矮人都會做這件事。」

此時的安全身發燙，不知是因爲興奮好奇，還是因爲發燒。「好吧，再聽下去，我都覺得生病反而是一件幸運的事呢！這該不會是你們讓生病變有趣的方式吧？」安勉強打起精神開玩笑。

ＬＡ說：「妳還記得我答應過要讓妳看**整套神奇單片眼鏡**嗎？來看這個。」他遞給安**用火烤成淺棕色的小眼鏡**，「妳猜得到它的用途嗎？」

「看起來像日蝕眼鏡的鏡片。但我不知道它眞正的用途。」安回答。

「聰明！」ＬＡ高興地說：「這是**太陽單片眼鏡**。把這些眼鏡戴上去……這組眼鏡總共七片，所以我會用複數來稱呼。所以，戴上這些眼鏡，就可以到太陽上，就像這樣。」他把其中一個單片眼鏡遞給ＦＡ。ＦＡ把眼鏡固定在眼睛上之後，下一秒就消失了。

安驚呼：「到太陽上？可以給我**小矮人的單片眼鏡**嗎？這太有趣了！」

「不行。很遺憾，妳看不到他在那裡。即使透過小矮人的單片眼鏡，長時間盯著太陽也對人有害，所以不能這麼做。妳必須試著發揮**想像力**。那裡，想像ＦＡ現在已經在那裡，從開襟毛衣的口袋裡拿出一個迷你水桶。」

「跟這個一樣。」ＲＥ插話，從口袋裡拿出一個很小的東西，小到看起來就像個帶柄的小黑點。

「這東西也太小了吧，看樣子也得發揮**想像力**才看得到。」安說。

「現在，」ＬＡ接著往下說：「ＦＡ正拿著水桶從太陽中汲取太陽能量，一分鐘後就回來了。」

ＬＡ才剛說出「了」這個字，ＦＡ就出現了。

「看樣子，你們已經決定不讓我想到生病這件事，想用這種方式治好我的病。你們以爲只要讓我忘記自己生病，我就會莫名其妙地好起來。」

「才不是這樣！」ＬＡ搖搖頭，臉上帶著魔術師的神情，彷彿隨時都會把手帕變成鴿子。「我們已經在著手讓妳恢復健康了，而且是聚精會神地做這件事。不然妳以爲ＦＡ爲什麼要大老遠跑到太陽上？爲什麼要把這種物質裝進**太陽能量桶**裡？對了，這些水桶叫做太陽能量桶，我們每個人都有一個……妳說呢？當然是爲了我們親愛的病人妳呀！現在看看**另一個神奇的單片眼鏡**。其實，這是最不像單片眼鏡的眼鏡，卻也是最神奇的一個，很快妳就會知道原因了。」

ＬＡ拿出一副金屬邊框、類似迷你眼鏡的東西遞給ＦＡ。ＦＡ把太陽單片眼鏡還給他。一戴上這副眼鏡，他就開始縮小。

安皺了皺鼻子，開始揉太陽穴。

ＬＡ說：「不是啦！妳的眼睛沒問題，也不是發燒的緣故。ＦＡ是眞的在縮小，因爲這就是這副眼鏡的用途。它們是**縮小鏡**。我們只有在這種情況下才會使用這副眼鏡。這給妳，拿著這個單片眼鏡，用它看看會發生什麼事。」說完便遞給她一個小眼鏡，原來是類似**放大鏡**的東西。

與此同時，ＦＡ已經移動到安的手臂靠近手肘的地方，身高也矮了一半。安拿著迷你**放大鏡**對著他看。皮膚上的毛孔看起來巨大無比，手臂表面看起來像古怪的月球景觀，上面等距分布著隕石坑。ＦＡ站在其中一個隕石坑邊緣，仍在持續縮小，直到他手中「帶柄的黑點」不見了，他自己看起來也像一個黑點，最後消失在隕石坑裡。

「現在妳**又**得試著發揮**想像力**了。」LA的聲音把安拉回現實。在現實中，手臂上的毛孔只是一般的毛孔。「閉上眼睛，想像此刻FA是如何在妳體內找到生病的細胞，然後拿著一支超小的刷子，把**太陽能量桶**裡的太陽能量塗抹在這些細胞上。妳可以想像這個畫面嗎？」

「正在努力中。」安緊閉著眼睛回答。

「很好！但願妳知道，如果妳能**真的**想像這一切，對他會有多大的幫助！」LA鼓勵她。「現在，我們所有人都會跟著FA，希望能幫助妳的細胞更快恢復健康。」

安忍不住睜開眼睛，看見LA把**太陽單片眼鏡**發給其他幾個小矮人，之後他們便一個接一個，跟手上「帶柄的小黑點」一起消失得無影無蹤。媽媽小矮人也做同樣的事。過了一會兒，所有小矮人又回到她的床上，把縮小眼鏡固定在鼻子上，便消失在手臂上的「隕石坑」裡。安抬頭看著媽媽，她的手始終牽著安的另一隻手。

「所以，從我小時候起……」

「乖，」媽媽打斷她，「現在什麼都不要問，我希望妳集中精神，**專心想像**ＬＡ告訴妳的每件事，這樣效果會好很多。相信我！」

剛才發生的一切太讓安震驚了，她終於聽話地閉上眼睛，開始想像此刻她的小矮人和媽媽小矮人如何在她體內塗抹太陽能量，這個能量又如何充滿她的細胞，彷彿她真的看得見那些生病的細胞！那些細胞有臉孔，而且是一張張垂頭喪氣、不快樂的臉孔。然後，突然間，那些臉孔亮了起來，不久便綻放笑容，有如紀錄片裡花朵從幼苗到盛開的畫面。

安睡了好幾個小時，醒來後感覺好多了。她環顧四周：媽媽還在原地，小矮人則蜷縮在她腿上睡覺。

「這些全是我夢到的嗎？」

「不是，」媽媽笑著說：「我告訴過妳：從妳小時候，每次妳生病，小矮人都會幫助妳更快恢復健康。」

「但妳也說過這不是奇蹟呀。如果這不是奇蹟，那是什麼?!」

安的媽媽遲疑了片刻之後答道：「這當然不是奇蹟，**只是愛**。妳以為在我生病時，妳的小矮人和我的小矮人沒有同心協力為我做同樣的事嗎？妳只是不知道，當妳坐在床上，在我旁邊，急著想幫我更快恢復健康時，其實就是在派他們去把療癒的太陽能量帶回來給我。」

安牽著媽媽的手，親了親她的手掌，再把臉貼在她手上。「謝謝媽媽。」

「不用謝我，」她媽媽回答：「是小矮人……」

安笑了起來：「那我們也可以用這種方法幫助自己嗎？」

「當然可以。只要請妳的小矮人去拿**太陽能量桶**，到太陽上汲取一些能量，再引導他們到妳感覺疼痛或有問題的地方。然後妳必須閉上眼睛『看見』

他們。他們如何到那裡，如何開始把太陽能量塗抹在生病的細胞上。如果妳也努力集中注意力，長時間『觀看』他們如何試著療癒妳，他們的工作效果就會更好。每個人都可以用這種方法幫助自己。」

「好像很容易。」安興沖沖地說。

「看似如此，實則不然。因爲只要吃藥就好、什麼都不必做、等著身體自己變好，這樣容易多了。這麼做的效果也許慢很多，但你不會累。進行**小矮人的太陽儀式**時，妳自己也要付出努力。**這是工作**，是我們不大習慣的那種工作。因爲這是**在自己身上下工夫，在內心下工夫**。這種工作的成功與否無法用物質來衡量，碰不到也摸不著，所以很容易讓人放棄，甚至永遠都不做。這樣又繞回到一開始的重點：改善**周遭**環境，比改善**內在**環境要來得容易許多。此外，許多人根本不相信我們有這些能力，不相信『內在的我們』非常強大，所以一生病就慌了，而恐懼本身是最可怕的事。它阻礙了我們內心的力量，而這份力量，一部分我們已經知道了，另一部分我們還不知道。」

「現在是妳該睜開眼睛看看那部分的時候了。」ＤＯ補充道，一副睿智的模樣，顯然才剛睜開眼睛。

其他小矮人也醒了。他們跳到床上，圍在安身邊。

「妳看！妳好多了！」ＬＡ開心得不得了。「明天之前，我們還會再進行幾次**太陽儀式**，我打賭明天早上妳就好到可以到海邊游泳了。」

「在你出發去太陽之前，可以幫我做一件事嗎？」安問道。

「那有什麼問題。」ＬＡ回答。「想要什麼，儘管開口！」

「我想看看其他的單片眼鏡。不知道還有別的嗎？到目前爲止我知道有……」她遲疑了一下，開始數手指頭：「按照出現的先後順序是**小矮人的單片眼鏡**、**綠色單片眼鏡**、**太陽單片眼鏡**、**縮小鏡**……我目前只想到這些。」

「還有兩種。」ＬＡ遞給她一片**粉紅色的小眼鏡**和一片**黑色的小眼鏡**。

「妳猜得到它們的用途嗎？」

「這個嘛，粉紅色眼鏡的用途是讓人透過玫瑰色的眼鏡看世界。」安哈哈哈大笑。

ＬＡ說：「妳覺得好笑，但還眞被妳說中了。當一切對你們來說似乎過於黑暗，我所謂的『你們』是指『所有人』，也就是當你們的心情沒來由地低落，而人們常因爲某些愚蠢至極的原因，以爲世界末日已經來臨，這種時候，我們就會把**粉紅色單片眼鏡**放在你們的眼睛上。如果這麼做也沒幫助，那麼我們就會把**黑色單片眼鏡**放在你們的眼睛上。這樣你們就能看到地球上還有更糟糕的事，明白自己的擔憂毫無意義。你們通常在擔心什麼？不就是名利、財富嗎？」

ＬＡ嘆了口氣，點了點頭，臉上的神情像是歷經人世滄桑的智者。

「說到底，事情的好壞，取決於妳採取哪個觀點看事情。」

「或者，說得更明確些，一切取決於我們透過哪個單片眼鏡在看事情。」安糾正他。「喔，我忘了還有**放大鏡**！還是說其實這個眼鏡**不重要**？」

「妳怎麼會認爲它**不重要**？」

「呃，因爲它沒有什麼神奇的功能，只是普通的放大鏡。」

「妳錯了。其實它跟其他眼鏡一樣神奇，只是根據你們人類的物理定律，目前只能這樣解釋**放大鏡**，所以你們才會認爲它一點也不神奇，其他的眼鏡卻很神奇。再次重申，一切取決於觀點。如果妳的判斷是基於放大鏡對妳來說並不神奇，那麼其他的單片眼鏡就**很**神奇；但是，如果妳的判斷是基於放大鏡跟其他單片眼鏡一樣，那麼結果就會是**每一個單片眼鏡**都不神奇。反之，如果妳假設其他的單片眼鏡**都**很神奇，而放大鏡跟它們**一樣**，那就表示**每一個**單片眼鏡都很神奇，包括**放大鏡**。」

「喔，我不懂了，聽得我一頭霧水。」安阻止他繼續往下說：「我覺得我最好再多睡一會兒。」

「我覺得我們最好再去拿**太陽能量桶**。」

隔天早上安醒來時，已經完全康復，他們的假期終於眞的開始了。然而，前一晚和前一天發生的一切，包括安親眼目睹的奇蹟、聽從小矮人的「指示」想像的奇蹟，以及她知道在自己睡著時發生的奇蹟。這一切神奇的事，讓接下來一整週精采的冒險黯然失色。

當然，對小矮人和安的媽媽來說，可就不是如此了。對他們而言，這些奇蹟都不是什麼新鮮事。溫暖的海水，沙灘上傾斜的棕櫚樹，陡峭的街道，老城的異國風情，聖胡安海灣周圍半島頂端宏偉的碉堡、雨林，以及小矮人發現棕櫚樹窄長的大葉子是世界上最棒的滑水道之後，玩得不亦樂乎的情景，這些才叫做新鮮事。

一週後，他們回到安位於紐約附近的住處，度假的照片也沖洗出來了。接下來一連好幾天，小矮人都把照片攤在床上，繞著照片跳來跳去，開心得不得了。「我在這張照片這裡！」「我在這張這裡！」「記得嗎？這棵棕櫚樹的樹頂超好玩！」「還有這片海灘?!」

小矮人一個接著一個大喊，發出哄堂大笑。

「還有這些碉堡的照片，這幾張很像的照片？安的媽媽希望她不要老是待在同一個地方拍照，還因此吵了一架，是不是很好笑？」

「唉呀，其實那樣也沒什麼不好，現在我們每個人都有一張照片啦。」

對安來說，這些照片是波多黎各這個島國的紀念品。沒錯，她在那裡玩得很開心，也看到許多新奇的自然美景，但更重要的是，她在那裡發現心中藏著不可思議的能力，以及愛的力量是多麼浩瀚無垠。

安以前並不是沒聽過或沒讀過這些事，但這是她第一次用自己的眼睛見到，用全身心感受到，知道現在這些不僅僅是悅耳動聽的話語，而是千真萬確的事實。簡單來說：對安而言，波多黎各這座島嶼，是她以前所未知的方式發現自己的地方。

第十章
水仙花與小精靈。

幸好人類也看不見小矮人攜帶的物品！更準確地說，是與在此提到的小矮人無關的人類。否則，安居住的這個小鎮就會掀起一場風暴。因爲，每天晚上，她從紐約回來時，鎮上的人就會看到一列奇怪的隊伍，莊嚴肅穆地往火車站前進。領隊的人是安的媽媽，在她身後，離地面約八公分處，有七朵水仙花，一朵接一朵沿途飄移。與花莖底部平行，同樣飄浮在空中的，每次都是形形色色的物品：一條捲起的紅色圍巾，安的木框照片，洋娃娃的鼓和喇叭，以及其他各式各樣的東西。

要是路人不僅能看到這一切，還能聽到伴隨著隊伍的聲響，肯定會驚訝得目瞪口呆。因爲根據萬有引力，這些花和物品都不應該飄浮在空中，就算只有一分鐘都不行。但現在它們不僅在空中飄，還隨著一首首熱鬧的流行歌曲節奏上下跳躍，而大聲唱著這些歌曲的，是一個五音不全的隱形合唱團。

過去十天裡，在安的身上發生了這麼多事，再次回歸平凡的日常生活和事務，對她來說一點也不容易。此外，一切再也不可能回到跟從前一樣了。然而，有些事情還是得照舊。安不得不讓媽媽一個人留在家裡。無論這件事讓她多難過，她還是得每天到紐約讀大學。在送媽媽回歐洲前，兩人相處的時間所剩不多。

於是安的媽媽和她的小矮人為了讓安開心起來，便想出這個歡迎儀式，而且每天晚上都變換不同的花樣。

有一次，他們假裝遇到具有皇室血統的貴賓：小矮人在安面前隆重地鋪上由她的圍巾扮演的紅地毯，然後裝模作樣地拉著她華麗連身裙的長裙擺，並稱呼她為陛下。

還有一次，他們拿著她的肖像，領著銅管樂隊，步伐整齊劃一，神色莊嚴肅穆，把她當成國家元首迎接，向她敬禮。然而，因為他們的行軍看起來像芭蕾，也像武術表演，安的小矮人笑得東倒西歪，毫不顧及自己身為「隨行代表團」的職責。而ＲＥ，或更準確地說，在這種情況下擔任「禮賓處處

長」的他，說話時理應注意隔牆有耳，但實際上他卻用唯恐無人不知的音量，大聲嚷嚷：

「我的老天呀，總統大人，咱們是不是來錯國家了呀？這些人的軍事禮儀怎麼這麼稀奇古怪呀！」

還有一次，是全球知名的電影明星走下火車，顯然她只為了隱藏身分旅行，才假扮成安。但一如既往，哪有什麼祕密瞞得過媒體呢？因此一大群身形異常嬌小的記者衝到她面前，要求採訪和簽名、拍照。有主見的媽媽小矮人拿出最嚴肅的態度，送給她一塊約三公分見方的方形黏土，畢恭畢敬地請她大發慈悲，在黏土上蓋大拇指印，之後做成匾額，掛在全球最「大」的名人堂。

只有一次，安意外發現只有媽媽獨自一人在月臺上等她。

「小矮人呢？」前女王、總統、電影明星，但現在顯然只是一介尋常百姓的安，東張西望問道，失望之情溢於言表，「還是說，這就是今天的驚喜?!」

媽媽只是搖搖頭，扮鬼臉，彷彿在說：「嘿，妳可千萬別低估小矮人的能耐！」然後指著軌道另一側的水泥牆。牆上碩大的黑色字母塗鴉已經在那裡警告乘客很久了：**「小心！美國夢已經讓你睡死了！」**

「我們今天爲妳準備了一場類似活人畫的特別表演。」安的媽媽隆重宣布，臉上努力裝出對小矮人認眞準備這場表演毫不懷疑的表情。接著又說：「這是**小矮人的單片眼鏡**，妳知道的，藝術藏在細節裡。」

安有遠視，所以早在拿單片眼鏡觀看之前，她就已經看到有一個小矮人彷彿躺在吊床上似的，幸福地躺成圓弧狀，雙手放在頸後，雙腿向上伸展。小矮人所在位置的塗鴉油漆顯然很厚，所以他們才能或站或坐在字裡面或上面，一點問題也沒有。這次的藝術的確藏在細節裡，而安能透過單片眼鏡，親眼見到「特寫畫面」：

一個小矮人站在第一個驚嘆號上面，神情十分嚴肅，在空中搖動食指，

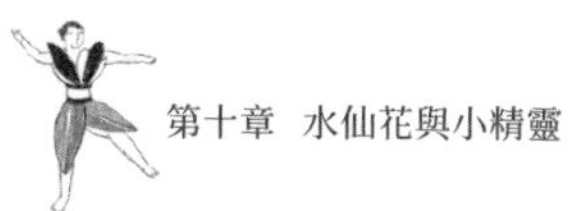

顯然是爲了強化這些字句的警示效果。

另一個小矮人站在另一個驚嘆號上面，雙手比出漏斗狀，扯著嗓門大喊：

「醒醒！起來！」一會兒朝月臺上的乘客吶喊，一會兒朝「吊床」裡的表演者吼叫，顯然他代表的是已睡死的美國公民，而被分配到扮演這個角色的，是有主見的媽媽小矮人。安在特寫鏡頭中看到他時，便能看出這一點。

另外兩個小矮人則確實承擔起喚醒「沉睡中的公民」的任務。他們站在鄰近的兩個字上面，拿著兩朵水仙花，伸長手臂搔癢有主見的媽媽小矮人的鼻子。

在他們附近的第一個字「美」上面，另一個小矮人非常努力地假裝看不見他們，因爲即使只是輕輕噗嗤一笑，就會徹底毀了這個重要非凡的角色。但有好幾次，他憋笑憋得臉頰鼓起，險些笑出來。他身上裹著像羅馬長袍的一塊布，彷彿被定住一般，站在那裡一動也不動：一隻手的手指在頭頂上張大撐開，有如光線，另一隻手往上高舉，一朵黃色的水仙從拳頭裡伸了出來。

與這尊迷你版自由女神像平行的，是另一個小矮人，其風格完全迥異於塗鴉文字和其他「演員」。他站在「你」字上面，擺出芭蕾舞姿，一腿在身後勾起，兩手在頭頂上比出一個圓，顯然根本不在乎整場演出其實都被他一個人給毀了。

他的同伴也很快發現，偉大表演的重責大任，在他們未受過專業訓練的肩膀上，是難以承受的重量，於是在安已經充分欣賞他們的藝術之後，便開始拿著水仙花開心地向她揮手。

沒錯，水仙花是這些變化多端的歡迎儀式中，始終不變的一項元素。因爲今年春天來得早，也因爲這是安最喜歡的花。

實情是這樣的，在安的媽媽前往車站途中，跟在她後面遊行的水仙花通常不只七朵。因爲無論在火車上或在大學裡，安大多時候心裡都掛念著媽

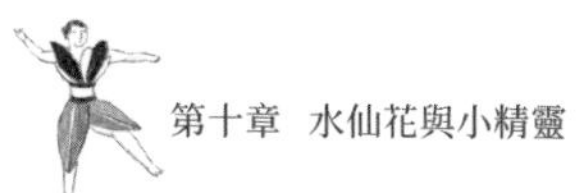

媽，所以幾個小矮人也習慣衝回家找媽媽小矮人。只有ＴＩ總是跟在安身邊。畢竟，念大學總該記筆記吧！

每天傍晚，火車即將進站時，ＴＩ總會焦急地從某個口袋裡探出頭來。然後，當歡迎團隆重地把水仙花交到安手裡，他會立刻在花束上坐好。安注意到他這時候開心的模樣跟平常不大一樣，但她把這個差異歸因於熱鬧的歡迎儀式，以及他平常稀奇古怪的個性。有一次，她似乎看見ＴＩ向其中一朵花彎腰，很像在跟它說話，但因爲他手裡總是拿著那本有名的筆記本，因此她研判他可能只是在大聲朗讀筆記本裡的內容。

每次回到家，他們都會把新花束放進她書桌上的花瓶裡，隔天再轉移到地上一個更大的花瓶裡，跟前幾天的水仙花放在一起。安注意到，花換了位置之後，ＴＩ不會像平常那樣退居某個角落，而是坐在其中一個花瓶邊緣，繼續黏在那些花旁邊。但她對自己說，畢竟寫作是一種不尋常的職業，需要靈感女神繆思特別眷顧。既然她最近不像以前那麼想寫作，或許ＴＩ的靈感也枯竭了。

然而，一天夜裡，她坐在書桌前讀書，突然透過眼角餘光注意到ＴＩ又舒適地坐在插著新鮮水仙花的花瓶邊緣，不但在說話，還激動地比手劃腳。安瞄了一眼旁邊的床鋪。不久前，她還看到其他小矮人都在打盹，每個**都**在。至於媽媽小矮人呢？他們已經跟媽媽在另一個房間睡了好一陣子。花瓶放在書桌右側，檯燈的燈光照不到的角落，但她仍可看見ＴＩ手裡沒拿著筆記本，所以他**不是**在朗讀筆記本裡的內容！

安對小矮人怪異的舉止感到不解，於是舉起檯燈，讓燈光得以照到花瓶，卻又不至於亮得ＴＩ睜不開眼睛。在她看來，ＴＩ是眞的在跟**某個人**說話，而這個人似乎也坐在ＴＩ身旁的花瓶邊。安幾乎可以肯定她看到了一個像小人體的東西，但水仙花被緊緊地捆成一束，所以她一點也不確定自己到底看到了什麼，也不確定是否**真的**看見那裡除了ＴＩ之外，還另有他人。

她放下書本，把花瓶拉向自己。ＴＩ的手仍在半空中，顯然話才說到一半。他狐疑地看了安一眼。沒錯，花瓶邊確實有**另一個人**在看著她。

它看起來跟小矮人很像，卻又略有不同：比ＴＩ稍微矮一些，非常瘦，臉色異常蒼白，接近透明，安感覺自己的視線幾乎可以**穿透**這個小傢伙，看到後面的花。穿著也很奇怪：那小傢伙穿著一件看起來像小長褲的東西和一件連帽運動衫，都是用水仙花萼的葉子做的。蓬鬆的淺色捲髮圍著他的臉，肯定沒梳理過。

「你是誰呀？」安大聲詢問，口氣就像對著一隻突然出現在最意想不到之處、看起來茫然無助的小貓或小狗。

小傢伙從花瓶邊跳下來，更準確地說是飛下來，降落在書桌上，幾乎沒碰到桌面。他害羞地鞠躬說：

「呃，我是……我是**我**。」

ＴＩ也跳下來，立刻介入：

「他是……唉，該怎麼跟妳解釋呢？……他是……**無家可歸的小矮人**。一群**無家可歸的小矮人**當中的一個。」

小傢伙聳了聳他的小肩膀，對安微微一笑，跟害羞孩子的表現一模一樣。它美得弱不經風，看得安想立刻摟著他。

「我不知道原來還有**無家可歸**的小矮人。它……那個……我覺得他看起來更像童話故事裡的精靈。」

「是這樣的，」ＴＩ繼續說道：「精靈其實就是無家可歸的小矮人，所以才會幫助人類。妳讀過童話故事，知道精靈會幫助人類，對吧？」

「對，這我知道，但我不知道精靈就是無家可歸的小矮人。話說，他們怎麼會無家可歸呢？」

「妳還記得我們搭計程車到帝國大廈途中，ＤＯ告訴妳**確實**有一種方式會讓人跟自己的小矮人走散嗎？」

「沒錯，我記得很清楚。他說：『當一個人迷失自我時。這是一種比喻。』我還是不明白他這句話眞正的意思。一個人迷失自我，是怎麼個**比喻**法呢？」

「嗯，這種事不容易發生，但並非不可能。遺憾的是，還是有人這麼做了。」ＴＩ難過地回答：「如果一個人不再相信生命中最根本的事物：信仰、希望，還有愛；如果一個人除了錢以外，不再看重任何事物，變成一個賺錢機器，那麼他就迷失了自我。更準確地說，是失去了人性。最根本的事物無法用金錢來衡量，也無法購買，這並非偶然。所以，當一個人以這種方式迷失自我，就會跟自己的小矮人走散。」

「好吧，那**愛的磁鐵**怎麼了？」安問道。

「可想而知，它失效了。因爲當一個人以這種方式迷失自我，其實他也不再愛自己了。這件事乍聽可能不合邏輯，但事實是，只有不愛自己的人才做得了壞事。因爲愛自己的人，只會用希望他人對待自己的方式對待他人。

每個有理智的人都知道，一個人所做的一切，無論好壞，遲早會像迴力標那樣回到自己身上。所以，沒錯，迷失自我的人會發生的第一件事是，他們身上的**愛的磁鐵**會失去作用，於是也失去了自己的小矮人。之後，這些人只能再堅強一段時間。因爲在失去人性的同時，也失去了自己內在的神性，變成一具空洞的軀殼，徒剩外表人形罷了。妳知道爲什麼在童話故事裡，有時會將壞人描述爲沒有影子的人嗎？因爲失去小矮人的人就是那個樣子。」

「太令人難過了。」安說：「所以，後來可憐的小矮人就無家可歸了。這就是你爲什麼瘦成這樣，幾乎透明的原因。」

她轉向他們的小客人。

在ＴＩ講故事的同時，他又飛回花瓶，坐在邊緣，睜著一雙大眼睛看著安，臉上堆滿笑容。

「你一定要來跟我們住。」

「謝謝，非常感謝妳。」他回答，再次害羞地聳了聳肩，「只是ＴＩ

還有些事沒說。我們無家可歸，是因爲我們沒有人類的家，但撇開這點不談，我們可以住在花苞裡。比如說，我最喜歡的花是水仙花。」

「這也是我最喜歡的花。」安說：「所以，從現在起，我在花園裡幫水仙花澆水時，就會找找看你在哪裡，甚至可能會叫你。不對，其實我無法叫你。如果你在介紹自己的時候說『我是我』，」她試著模仿他，「就表示你沒有名字。」

「沒有。」

「我想ＴＩ應該告訴過你，我們在想名字這方面有多厲害，對吧？」

「對呀。」無家可歸的小矮人點了點頭，害羞地聳了聳他的小肩膀，臉上仍帶著微笑。

「那麼，你不介意我們也幫你取個名字吧？O怎麼樣？這是《孤雛淚》主角奧立佛（Oliver）的名字。畢竟，你是我遇見第一個無家可歸的小矮人。」

「O？」小客人琢磨了一會兒，然後又笑了起來，接著從花臺上跳下來，降落在TI附近，開始跳上跳下，或更準確地說，是在他周圍盤旋，問道：「你喜歡這個名字嗎？」

TI點了點頭，表示同意，還用大拇指和食指比出O的手勢。

「完美！」

「等等！等一下！」安打斷他們歡樂的氣氛。「我剛才說你是我遇見第一個無家可歸的小矮人，這讓我想到另一件事。可以請你們兩位跟我解釋一件事嗎？我爲什麼**看得見**一個既不是我的小矮人，也不是我愛的人的小矮人呢？根據截至目前爲止得知的一切資訊，只有透過**綠色單片眼鏡**，我才能見到其他的小矮人。」

「這件事解釋起來很簡單。」TI回答：「只要看得到自己的小矮人的人，都能看到無家可歸的小矮人。」

「原來如此。有很多無家可歸的小矮人嗎？」安轉向O：「希望不多，

否則就太令人難過了，對你和對那些已經……」

安爲之語塞。

「我眞的很不想相信有那種人存在。得想想辦法，讓世界上不再有那些……那些迷失自我的人。」

「我們人數不多。」O第一次臉上完全失去笑容道：「但也不算少。我認識幾個無家可歸的小矮人，他們也都認識幾個無家可歸的小矮人。妳剛才說得想想辦法，一點也沒錯，這正是我們一直在和TI討論的事。」

「你一定要把你認識的其他無家可歸的小矮人帶過來。」

「好的。」

「話說，」安遲疑地說：「你介不介意我稱你們爲『小精靈』？我覺得『無家可歸的小矮人』聽起來太悲傷了。」

「當然不介意。」O立刻同意道。

「太棒了。」安對他笑一笑，「現在，我親愛的小精靈O，我想告訴你我有多高興……」她頓了頓，感到困惑：「我本來想說很高興認識你，但我覺得這樣有點蠢。我想這一定不是跟小精靈說話的方式。我寧願告訴你，我很高興你**出現**在我們生活中。我想讓你知道，這裡隨時歡迎你。」

「安，謝謝妳。」小精靈O回答。

「現在，我就不打擾你和TI談話，我要去睡覺了。明天的課，這本書我原本至少要讀完兩章。」安指著之前被她放在一旁的那本書，「可是現在已經很晚了，而且，我覺得今天晚上學到的知識，比讀完這一整本書還多。燈留給你們，晚安囉！」

「晚安！」

「晚安！」TI和O陸續回答。

安鑽進被窩裡。通常在睡著之前，她都會轉身面向牆壁。在面壁前，她看著花瓶：TI又回到花瓶邊緣，再次激動地比手劃腳說話，而在他身旁……沒錯，她現在可以安心地打包票說，在他身旁有一個穿著花朵製成的

衣裳，彷彿是由空氣本身編織而成的小傢伙。在水仙花的花朵間，有一顆留著蓬鬆淺色頭髮的小腦袋瓜正忙著點頭。

「如果小精靈其實是無家可歸的小矮人，」安心想，「誰曉得童話故事裡的其他人物原本是什麼呢？」

第十一章

飛翔的花束：「歡迎光臨！」與「珍重再見！」。

小精靈Ｏ，更準確地說，是無家可歸的小矮人，出現得正是時候。

安的媽媽再過不久就要回歐洲，於是他們決定辦小型歡送會，來紀念這個日子。現在，有了小精靈Ｏ，此外，如果他把答應過的其他無家可歸的小矮人「同伴」一起帶過來，這場歡送便會成爲一場眞正的盛宴。

ＯＯ告訴ＴＩ和安，他的朋友欣然接受邀請，於是準備工作開始了。

他們採買了各式各樣「小矮人的」好東西，更準確地說，是ＦＡ在超市指出的每樣商品，告訴安和媽媽可以買哪些東西。他們特別留意那些大小適中的水果：黑莓、藍莓、覆盆子，甚至在一間專賣店找到一些野生草莓。當然，他們沒忘記補充大量的巧克力棒和磨碎的黑巧克力：ＳＯ、媽媽小矮人和安的媽媽都很愛吃巧克力，至於安和其他幾個小矮人也同樣愛吃甜食。他們甚至買了一組洋娃娃晚餐組合，這樣就不必用螺絲帽充當小矮人的盤子和杯子。

天氣很晴朗，但對舉辦花園派對來說，仍稍嫌冷了些，於是他們決定改在安的房間舉辦餐會。他們在地板鋪了一條毯子，所有食物擺放得漂漂亮亮，還特別爲了小精靈O，把兩個水仙花瓶放在一旁，然後爲了其他不知道喜歡什麼花的小矮人，把剩下的花瓶全部收集起來，裡面裝滿各種花，放在毯子周邊的地板上、書桌上和架子上。最後整個房間看起來有如花園。等一切準備就緒，安和媽媽盛裝打扮，小矮人彬彬有禮地坐在毯子上，等待賓客到來。

「他們來了！」不一會兒，TI便指著開著的窗戶大喊。

他們在窗外看到只有一丁點大、有如七彩雲朵的東西飄向屋子。這朵迷你「雲」越靠近，就越像一把飛翔的花束。眼前的景象太美，美得不像眞的，看得安和媽媽立刻倒抽一大口氣。

下一秒，這把「花束」便從窗戶飛了進來，「降落」在安面前。

這時每個人都明白爲什麼它看起來像一束花。這些無家可歸的小矮人都和O一樣，個個面色蒼白、體型瘦弱，彷彿跟空氣合爲一體。他們也和O

一樣，穿著奇怪的長褲和花朵製成的連帽運動衫，而且是**各式各樣的花**：有紅色和黃色的鬱金香、藍色的鳶尾花、粉紅色的花，以及白色和其他各種灌木。此外，每個客人手裡都拿著一朵花。

「我們來了！」O說完便害羞地聳肩，笑了笑，正如安所預料。「這朵花送給您。」O轉向她媽媽，遞給她一朵水仙花。在他之後，其他無家可歸的小矮人也紛紛把花遞給她。

「這是我們對您表示『歡迎』，也祝您旅途愉快！」O解釋道。

「太謝謝你們了！這些花真漂亮，你們人真好！」安的媽媽在接過這些花時驚呼連連，同時撫摸著花和「花朵」小矮人。

「這是**我們**對你們所有人表示『歡迎』。」她手裡捧著所有的花，指著茱餚道。

安的幾個小矮人本來就認識其中幾個無家可歸的小矮人，於是他們很快就有了賓至如歸的感覺。他們狂歡了很長一段時間，喝果汁祝福安的媽媽身體健康，也祝她「一路順風」！還聊到飛機上和雲端上許多有趣的冒險，同時計畫下次相聚的時間。

安的媽媽原本就知道有無家可歸的小矮人，但之前從未見到任何一位。她繼續一個個撫摸他們，擔心他們怎麼瘦成這樣，不斷催促他們多吃些巧克力和水果。

「太有趣了！」她忍不住重複這句話。安很得意自己終於能比媽媽早看到一樣東西。

「回家後，我會把這些無家可歸的小矮人的事告訴妳阿姨。妳能想像她會有多激動嗎！」

「這麼說，阿姨也什麼都知道？」安很驚訝。

「當然。」她媽媽回答：「其實很多人都知道小矮人的事，只是沒說出來，因為擔心別人會以為他們瘋了。」

隔天，安和媽媽在機場又親又抱了很久，也給了對方許多建議。到了分開的那一刻，安附在媽媽耳邊輕聲說：

「我把我的兩個小矮人放在妳的包裡了，這樣他們就可以在旅途中照顧妳！」

當然，她不知道有三個媽媽小矮人此刻正藏在她的夾克口袋裡，就在那本她帶來打算在回程火車上閱讀的書旁邊。在書中，媽媽放了一張字條，安打開書就會看到。

字條上寫著：

「媽媽愛妳！」

結語

睜開雙眼才能看見

這個故事沒有結局。一如世間萬物，看似有盡頭，實則無窮盡。在我們周遭，在我們心裡，有許多事物並非一眼就能看見，我們也對此一無所知。唯待我們睜開雙眼，方能得見。因爲，我們總在遠方尋尋覓覓，但所求的一切，往往近在眼前。

國家圖書館出版品預行編目資料

遇見Little Me：風靡國際的靈性寓言，保加利亞版《小王子》／卡莉娜．斯蒂芬諾娃（Kalina Stefanova）作；聿立 譯.
-- 初版. -- 臺北市：方智出版社股份有限公司，2022.10
160 面 ；14.8×20.8　公分. --（自信人生；180）
譯自：Ann's dwarves : a fairy tale for grown-ups
ISBN 978-986-175-703-2（平裝）
883.257　　111013200

Eurasian Publishing Group
圓神出版事業機構
用心與你對話．網野無限寬廣
方智出版社
Fine Press

www.booklife.com.tw　　reader@mail.eurasian.com.tw

自信人生 180

遇見Little Me：風靡國際的靈性寓言，保加利亞版《小王子》

Ann's Dwarves: A Fairy Tale for Grown-ups

作　　者／卡莉娜．斯蒂芬諾娃（Kalina Stefanova）
譯　　者／聿立
插　　畫／吳怡欣
發 行 人／簡志忠
出 版 者／方智出版社股份有限公司
地　　址／臺北市南京東路四段50號6樓之1
電　　話／（02）2579-6600．2579-8800．2570-3939
傳　　真／（02）2579-0338．2577-3220．2570-3636
副 社 長／陳秋月
副總編輯／賴良珠
主　　編／黃淑雲
責任編輯／陳孟君
校　　對／胡靜佳．陳孟君
美術編輯／李家宜
行銷企畫／陳禹伶．王莉莉
印務統籌／劉鳳剛．高榮祥
監　　印／高榮祥
排　　版／陳采淇
經 銷 商／叩應股份有限公司
郵撥帳號／ 18707239
法律顧問／圓神出版事業機構法律顧問　蕭雄淋律師
印　　刷／祥峯印刷廠
2022年10月　初版

定價 300 元　　ISBN 978-986-175-703-2